너의

나쁜
무리

너의 나쁜 무리

예소연 소설집

차례

추운 뺨에 더운 손

추운 뺨에 더운 손

그날 우리가 본 영화에 대해 기문은 이렇게 말했다. 아주 느린 이야기였어. 아닌 게 아니라 영화관을 나올 때만 해도 대략 세 시간은 지났을 거라고 생각했는데 알고 보니 러닝타임이 한 시간 반도 채 되지 않는 영화였다. 우리가 간 극장은 실버 세대를 위한 곳으로 테마에 맞게 추억의 명작들을 엄선해 상영하고 있었다. 나는 대학 입학 후 지금까지 이 도시에 눌러살면서 틈만 나면 근방을 쏘다녔는데 이렇게나 멋진 극장이 있는 줄 몰랐다. 첫 만남이었지만 기문은 나를 위해 서울에서 여기까지 차를 몰고 왔다. 그래서인지 나는 어느 정도 내가 사는 도시의 구석구석을 안내해야 한다는 나름의 책임감을 가졌던 것 같다. 하지만 기문은 그런 내 마음이 무색하게 먼저 티켓 두 장을 예매한 뒤 근처 식당까지 몇 군데 검색해서 링크를 보내왔다.

물론 첫 만남이라고 하기에는 애매한 구석이 있었다. 나와 기문은 여섯 살부터 아홉 살 무렵까지 같은 아파트에 살았다. 그때도 이미 10년 가까이 된 아파트였고 나름대로 아파트는 아파트였는데 이름은 벽산빌리지였다. 그 시절 우리는 인라인스케이트를 자주 탔다. 멀리는 가지 못해 벽산빌리지 주변을 의미 없이 빙빙 돌았다. 언젠가 기문은 바퀴에 껌이 붙은 줄 모른 채로 내리막길을 달리다가 넘어져 턱이 찢어진 적도 있었다. 25년이 지나 전화를 걸어온 기문은 그때 무려 일곱 바늘을 꿰맸는데도 눈물 한 방울 흘리지 않아 독한 계집애 소리를 들었다며 우스개를 했다. 당시 호박이를 데리고 병원에 가던 중 전화를 받아 경황이 없던 나는 대충 맞아, 그랬지, 네가 그때 그 기문이구나, 해버렸다. 한참이 지나 호박이의 검사가 끝난 다음에야 불현듯 그때는 정말로 소중했던 어린 기문의 얼굴이 떠올랐다. 의사는 폐혈전이 의심된다며 좀 더 정밀한 검사가 필요하다고 했다. 나는 대답 대신 호박이를 물끄러미 바라보았다. 한바탕 난동을 피운 뒤 조용히 엎드려 있는 호박이에게서 지린내가 심하게 났다.

그때부터 우리는 종종 통화를 했다. 기문은 심리학과를 졸업한 뒤 난데없이 영화판에 뛰어들었다고 했다. 연줄도 없이 시작했지만 그럭저럭 현장 일이 들어온다며, 하지만 7년이라는 시간이 무색하게 제자리걸음인 것만 같다고 푸념을 늘어놓았다. 나는 구체적으로 현장 일이라는 게 무엇인지 몰라서 그냥 그렇구나…… 하고 말았다. 너는 무슨 일을 하느냐는 질문에는 대충 계약직을 전전하다가 지금은 잠시 쉬고 있다고 대답했다. 쉰 지 2년이 되어간다는 얘기는 하지 않았다.

다시 기문을 만났을 때 생각보다 편안한 분위기에 사뭇 놀랐다. 어릴 적 이야기를 의무적으로 늘어놓지 않고도 많은 이야기를 나누었고 접점이 없는 것이 오히려 편하게 느껴질 정도였다. 영화를 보는 도중 앞자리 어딘가에서 누군가 바스락거리며 뭔가를 자꾸 집어 먹는 것이 신경에 거슬렸다. 엔딩 크레디트가 올라가 상영관을 나서며 흘긋 둘러봤는데 우리 앞에 앉은 사람은 한 명뿐이었디. 정장을 차려입은 할머니가 땅콩이 가득 든 봉지를 무릎 위에 올려둔 채 영화가 끝난 줄도 모르고 졸고 있었다. 내가 졸고 있는 할머니를 가리키자 기문은 슬그머니 할머니 앞에 가서 어깨를 두드려 깨웠다. 할머니는 잠든 게 아니라 눈을 감고 있었다며 간만에 아주 좋은 영화를 본 것 같다고 말했다.

오래된 냉면집에서 마주 앉아 이야기를 나눌 때 나는

문득 기문이 하고 싶은 말을 숨기고 있다는 생각이 들었다. 그래서 기문에게 내 전화번호를 어떻게 알게 되었느냐고 물어보았다. 기문은 별일도 아니라는 듯 시큰둥하게 대답했다.

"사실 먼저 알아낸 건 아주머니 번호였어."

"알아냈다고?"

"뒤쪽 네 자리 숫자는 기억나는데, 가운데 숫자가 아무래도 기억이 안 나는 거야. 그래서 하나씩 돌려봤지."

아무렇지 않게 손가락으로 허공을 짚어가며 번호를 누르는 기문의 제스처를 가만히 바라보았다. 우리 집은 아주 오랫동안 같은 뒷번호를 공유했다. 그걸 알고 있는 기문이 경우의 수를 따져가며 가운데 네 자리 숫자를 집요하게 눌러보는 모습을 상상하니 마음이 아득해졌다.

"그럼 우리 엄마랑 통화를 했다는 거네."

"여전하시더라."

기문은 그렇게 말한 뒤 웃으며 두 손으로 사발을 감싸 올려 냉면 국물을 들이켰다. 그런 다음 사실은 나의 엄마가 기문의 엄마에게 핸드백과 투피스 한 벌을 빌려 간 뒤 돌려주지 않았다는 얘기를 털어놓았고 뒤이어 그런 것쯤은 돌려주지 않아도 된다며 기문의 엄마는 이미 간경화로 돌아가신 지 오래되었다고 했다. 나는 돌려주지 않아도 된다는 말에 안도하는 동시에 엄마가 이미 수많은 지인에게 돈과 패물을 빌리거나 훔쳤다는 사실을 알고 있어서 마음이 좋지 않았다. 하지만 기문은 더 이상 그 이야기를 꺼내지 않았다.

"선이야, 다음에는 서울 놀러 와."

"그럴까?"

"방도 있으니 얼마든지 자고 가도 돼."

대충 고개를 끄덕이고 말았는데 기문은 다음 달 언제쯤이 좋겠다며 구체적인 날짜를 제시했다. 내가 별다른 일이 없다는 걸 아는 기문에게 바쁘다는 핑계를 댈 수가 없어 그나마 편한 날짜를 말해주었다. 그렇게 약속을 정한 뒤 기문은 우리가 본 영화에 대한 혹평을 쏟아부었다. 인물이 주체적인 행동을 안 하니까 보는 내내 맥이 빠지더라. 계속 휘둘리기만 하잖아. 나는 고개를 끄덕이며 맞장구를 쳤지만 사실 인물에 대한 생각은 조금도 하지 않았다. 돌아가자마자 엄마에게 연락해봐야겠다는 생각뿐이었다.

저녁 무렵 서울로 돌아간 기문은 잘 도착했다며 메시지를 보냈다. 그리고 왜인지는 모르겠지만 첫사랑이라는 단어를 떠올리면 내 생각이 먼저 난다고 했다. 나는 어떻게

대답해야 할지 몰라 망설이다가 꽤 오랜 시간이 흐른 뒤에
야 답장을 했다.

*

서울역을 빠져나와 택시 승강장 근처에 서서 기문의 차
가 오기를 기다렸다. 얼마 지나지 않아 기문의 검정 세단이
비상등을 켠 채로 내 앞에 섰다. 얼른 조수석에 타 안전벨
트를 매는데 방향제 냄새가 너무 심해 서둘러 창문을 내렸
다. 기문은 우리가 영화를 본 이후로 하루도 빠짐없이 내게
연락해 안부를 물었다. 내가 끼니를 대충 때운 날에는 잘
좀 챙겨 먹으라며 잔소리를 했고 화분 같은 것을 들여놓고
주기적으로 물을 주면 라이프 사이클을 맞추는 데 도움이
된다며 산세비에리아 사진 몇 장을 보내준 적도 있었다. 기
문이 한 손으로 핸들을 돌리면서 가볍게 물었다.
"요즘 재미 좀 봤어? 장이 그렇게 좋다던데."
나는 매일매일을 흘려보내듯 사는 것을 들키기 싫어 종
종 거짓말을 했다. 처음에는 외주받은 일을 하고 있다는 간
단한 거짓말에 불과했는데 기문이 자꾸 캐묻는 바람에 조
금씩 구체적으로 덧붙이게 되었다. 그러다 괜히 눈여겨보

던 막 상장된 기업의 주식을 꽤 큰돈을 들여 매매했다고까지 애기해버렸다.

"나쁘지 않아. 너는 요즘 정신없다며?"

"갑자기 일이 들어와서 조금 바빠. 그래서 말인데 사실 오늘도 들를 데가 있어."

"어디?"

"부잣집."

"부잣집?"

영문을 몰라 되묻는 나를 보는 기문의 얼굴에 장난기가 가득했다. 최근 작은 웹드라마의 피디를 맡게 된 기문은 생각보다 밭은 일정에 로케이션을 서둘러 알아봐야 한다며 느닷없이 양해를 구했다. 그러니까 요지는 지금 당장 나를 데리고 판교에 가서 미리 섭외해놓은 어떤 저택을 둘러봐야 한다는 것이었다. 당황스러운 심경을 아는지 모르는지 기문은 라디오에서 흘러나오는 노래를 따라 흥얼거렸다.

"내가 가도 되는 거야?"

"스태프라고 하면 돼. 묻지도 않을걸?"

"미리 말 좀 해주지."

룸미러에 걸려 있는 애꿎은 석고 방향제를 쳐다보며 중얼거리자 그제야 기문은 내 쪽을 바라보며 미간을 찌푸린 채 입술을 쭉 내밀었다. 갑자기 결정된 일이라 미안해. 좀 봐주라. 내비게이션에는 이미 분당구 어딘가로 주소까지 찍혀 있었다. 그런 마당에 무슨 말을 더 하기도 뭐해서 일단 알겠다고 했지만 좀처럼 기분은 풀리지 않았다.

"이런 부잣집은 처음 볼 거야."

내내 속없는 사람처럼 구는 기문의 태도가 내심 거슬렸는데 그래도 좋게 생각하려고 애썼다. 그날 영화를 보고 집에 돌아와서 엄마에게 전화를 걸었을 때 엄마는 적잖이 당황한 것 같았다. 기문을 기억하느냐고 묻자 어설프게 모른 척을 하기에 다 알고 있다고 했더니 뭘 아느냐고 성질을 부렸다. 가방이랑 투피스. 내가 대답하자 엄마는 전혀 다른 말을 했다.

"가방 안주머니에 그런 게 있을 줄 내가 어떻게 알았겠어."

"그런 거?"

"그래, 난 본 적도 없어."

그제야 엄마는 기문이 느닷없이 전화를 걸어 가방 안에 들어 있던 열 돈짜리 금두꺼비를 돌려 달라고 했다며 앓는 소리를 했다. 말도 안 되는 소리라고, 금두꺼비 따위는 본 적도 없다고 하자 기문은 자신의 엄마가 돌아가시기 직전에 기필코 받아내라며 어떤 명부를 작성했고 그 명부에 당신이 속해 있다며 공책을 찍은 사진까지 보내왔다. 공책 한 면에는 각각 빌려 준 돈의 액수와 이름, 전화번호 따위가 빽빽했는데 엄마의 이름은 가장 마지막 줄에 있었다. 이름 옆에는 '핸드백 속 열 돈 금두꺼비'라는 글씨가 작게 적혀 있었고 연락처는 없었다. 할 말을 잃은 엄마는 일단 금두꺼비는 본 적이 없는 데다가 수중에 돈도 한 푼 없다며 꼬리를 내렸다. 그러자 기문이 내 연락처를 물어봤다는 것이었다.

그럼 가방은? 하고 내가 묻자 엄마는 있기는 있는데 금두꺼비는 정말로 없다고 했다. 영종도에서 친구들과 조개구이를 먹으러 갔다가 초장을 흘려서 심하게 오염된 다음 세탁을 맡겼는데 그때 아마 사라진 것 같다고. 나는 구체적인 정황을 제시하는 엄마가 더욱 의심스러웠다. 엄마는 늘 거짓말을 일삼았고 그럴 때마다 정확한 날짜나 상황을 꾸며내어 더욱 그럴듯하게 말하는 버릇이 있었다. 아무리 추궁해도 엄마는 잡아떼기 바빴고 종국에는 경찰 조사까지 받고 나서야 합의를 진행한 적도 있었다.

분당으로 빠지는 도로에 다다를 즈음 기문은 요즘 마임을 배운다고 말했다. 아는 동생의 제안으로 그룹 과외를 받기 시작했는데 어렵긴 하지만 난생처음 몸의 언어를 익히는 일이 놀라울 정도로 즐겁다며 몇 가지 마임 영상을 추천해줬다. 나는 마임에 대해서는 거의 아는 게 없었다. 내가 어색하게 두 손바닥을 펴고 없는 벽을 더듬는 척 움직이며 이런 거지? 하고 묻자 기문은 과장되게 고개를 끄덕였다.

"맞아, 그런 거. 보이지 않는 무언가를 함께 볼 수 있는 게 마임이야. 내가 그것을 보고 있다는 믿음을 통해서."

"어려울 것 같은데."

"무지. 그래도 재미있어. 이따가 좀 보여줄게."

어쩌면 바로 그 타이밍이 적절할지도 모르겠다는 생각이 들었다. 기문이 마임을 선보이고 난 다음 넌지시 물어줘야 할지도 모르는 돈에 대해 이야기를 꺼내보는 것이다. 별일 아닌 것처럼. 보이지 않는 무언가를 함께 보고 그것에 대한 이야기를 나눈 뒤에. 사실 그 금두꺼비가 정말로 가방 안에 있었는지 없었는지는 아무도 모르는 셈이니까. 기문의 엄마는 돌아가셨고 나의 엄마는 분명 본 적도 없다고 했다. 엄마의 말이 사실인지 아닌지는 확실하지 않았지만, 괜히 일을 크게 만들고 싶지는 않았다. 사실 왜 기문이 나에게 금두꺼비 얘기는 쏙 빼고 핸드백과 투피스만 운운했는지도 궁금했다. 하지만 그건 돈 문제에 비하면 사사로운 일에 불과했다. 괜히 어깨가 움츠러들었다. 그래서 더욱 괜찮은 척 허리를 곧추세우고 목을 쭉 뺐다. 그러다 문득 그 닭이 생각났다. 500원을 주고 데려왔더니 건장한 수탉으로 자라 베란다를 활보하던 장금이. 장금이가 중닭에서 성체가 되던 시점에 기문은 우리 집에 자주 놀러 오곤 했다.

"장금이 기억나지."

"그럼, 맨날 우리 감시하던 애."

"맞아, 걔가 새벽마다 하도 울어서 엄마가 할머니 댁으로 보내버리려고 했잖아."

"그래서 네가 장금이를 보자기에 싸매서 가출했지."

"걔 우리 집에서 6년이나 살고 죽었어."

"많이 힘들었겠네."

놀라거나 웃을 줄 알았는데 기문은 전혀 그러지 않았다. 장금이에 대해 이야기했을 때 한 번도 이런 식으로 반응한 사람은 없었다. 나조차도 할 얘기가 없을 때 괜히 주의를 돌리려는 심산으로 장금이를 언급하곤 했으니까. 6년간 함께 살다 노쇠해 죽은 그 닭 이야기를 하는 일은 언제나 유의미했다. 당시 우리 가족은 몹시 단란했고 너무나 단란했던 나머지 닭에게까지 애정을 품고 아낌없이 보살핌을 제공했다는 사실이 나를 즐겁게 만들었기 때문이다. 나는 기문으로 인해 장금이가 하루아침에 죽어버린 그날을 순식간에 떠올렸다.

"죽었다는 사실을 알자마자 아빠가 휴가를 내고 회사에서 돌아온 거야. 우리 가족은 장금이를 싣고 보령에 있는 할머니 댁으로 갔어. 그 먼 길을 가서 집 뒷산에 장금이를 묻어줬는데 나는 눈물도 안 나더라. 대신 봉분을 만든 다음 여러 번 두드렸어. 흙을 단단하게 다지려고. 아직도 그게 기억에 남아."

"야무졌네."

"그런가."

"그럼, 그런 건 누가 죽고 나서야 알게 되더라. 인사 잘하는 법 같은 거 말이야."

기문은 작별 인사를 아주 오랫동안 할 수도 있음을 깨달았다고 했다. 상대가 먼 길을 갈 때는 배웅도 오래 걸리는 법이라고. 병실에서 조용히 맞았던 아주머니의 임종을 털어놓는 기문은 아주 담담해 보였지만 나는 몹시 마음이 동요되었다. 엄마의 이름이 적혀 있다던 공책이 떠올랐기 때문이다. 어쩌면 기문은 그저 자기 엄마의 신변 정리를 하는 것일 수도 있었다. 그런 생각에 미치자 나도 모르게 얼굴이 홧홧해졌다.

＊

차로 가파른 언덕을 한참이나 오르고 나서야 목적지에 도착했다. 올라오는 내내 지나다니는 사람은 한 명도 보이지 않았고 높다란 담벼락들만 줄지어 나타났다. 기문은 이미 개방된 차고 안에 주차를 했다. 시동을 끈 기문은 뒷좌석에 놓아둔 카메라를 챙겼다. 이 집은 아무도 살고 있지 않은 곳으로 간간이 스튜디오로만 쓰이고 있다고 했다. 관리인이 있기는 한데 오늘은 개인 사정으로 오지 못할 수도 있어서 미리 차고를 열어두고 간 것이라고. 나와 기문은 차에서 나와 주변 전경부터 둘러봤다. 지대가 워낙 높다 보니 저 멀리 판교 테크노밸리 일대가 시원하게 펼쳐져 있었다. 주변이 하도 고요해서 이 동네만 시간이 멈춰 있는 것 같은 기분이 들었다.

이내 다시 차고 안으로 들어간 기문은 배전함을 열어 열쇠를 꺼낸 다음 잠긴 문을 열었다. 도어록이 아닌 열쇠를 사용한다는 것도 의외였지만, 무엇보다 열쇠를 숨기는 장소가 너무나 익숙해서 웃음이 나왔다. 그런 내 생각을 알아차렸는지 기문도 웃음을 터뜨렸다. 계단을 따라 올라가자 드넓은 마당이 모습을 드러냈다. 오랫동안 관리가 되지 않아 잡초가 무성한 마당. 건너편에 보이는 저택은 붉은 사암 타일로 이루어져 고즈넉하고 편안한 느낌을 주었다. 커다란 통창이 마당을 마주 보고 시원하게 나 있었지만, 내부는 보이지 않았다. 우리는 그곳에 한참이나 서서 뜨거운 오후의 볕을 쬐며 저택의 외관을 구경했다. 목덜미에 땀이 맺히기 시작할 즈음 기문이 운을 뗐다.

"벽산빌리지에는 옥상이 있었어. 기억나지?"

"빨래 널고 돗자리 깔고 수박도 먹고 그랬지."

"거기서 우리 엄마랑 너희 엄마랑 잘도 놀았지."

"그랬지."

"고스톱도 쳤지."

"김치도 담갔지."

"눈썹 문신도 받았지."

"웃기시지. 눈썹 문신을 왜 옥상에서 받지?"

"진짜지?"

기문이 억울하다는 듯 목소리를 한껏 높였다. 나는 전혀 기억이 나지 않았는데 기문은 당시 상황을 아주 자세히 기억했다. 동네에 알음알음 소문난 문신 아주머니가 오셔서 눈썹 문신을 해주었는데 다 받고 보니 눈썹산이 너무 높아 얼굴이 드세 보인다고 나의 엄마가 자꾸 아쉬운 소리를 했다며. 그러자 기문의 엄마가 두 손으로 엄마의 양 볼을 세게 감싸쥔 채 자기가 보기에는 세상에서 둘도 없는 용맹한 아가씨 같다고 기운을 북돋아주었다는 것이다.

"그때부터 내 장래 희망이 용맹한 아가씨였다. 그걸 어떻게 잊니?"

"별걸 다 기억하네."

"우리 엄마가 너희 엄마를 정말 좋아한다는 걸 그때 알았거든."

"그렇게 얘기하는 게 뭐가 어렵다고."

어쩐지 마음이 좋지 않아 불퉁하게 대꾸해버렸다. 얼른 기문을 지나쳐 현관문을 향해 걸어갔다. 이제는 그만 실내로 들어가고 싶었다. 기문은 잠시만 기다려달라고 부탁한 뒤 카메라를 들어 마당에서 보이는 도시의 풍경과 저택의 외관을 찍었다. 그리고 주머니에서 열쇠를 찾아 문 앞에 있는 나에게 던져주며 말했다.

"그런 사람 아니야."

"응?"

"엄마, 원래 그런 사람 아니라고."

나는 기문을 가만 바라보았다. 기문도 나를 바라보았다. 나는 순간 우리 사이의 공기가 아까와는 조금 달라졌다

고 느꼈다가, 이내 우리 사이의 공기가 정말로 달라진 게
아니라 내가 이제야 이 상황에 대해 어느 정도 인식하게 된
것임을 깨달았다. 기문이 돌려받고 싶은 건 정말 있었는지
도 확실하지 않은 금두꺼비가 아니었다. 그제야 기문의 엄
마와 나의 엄마가 아주 많은 시간을 함께했다는 것을 기억
해냈다. 나는 기문에게서 시선을 거두고 문에 열쇠를 꽂아
돌렸다. 몇 번 헛돈 뒤에야 문이 열렸고 기문이 먼저 안으
로 들어갔다.

　좁고 기다란 복도 오른쪽에는 2층으로 올라가는 계단
이 있었다. 그쪽은 나중에 둘러보기로 하고 거실로 향했다.
복도 끝에 위치한 넓은 거실은 목재 프레임으로 된 창문 덕
분에 대체로 따뜻한 분위기였다. 중앙에 위치한 베이지색
타일로 마감된 벽난로 위에는 흰색 부조 회화가 걸려 있었
다. 난로 왼쪽에 놓인 흔들의자는 오래된 느낌을 더해주었
다. 그 옆의 모카색 패브릭 소파는 거친 질감으로 특별한
장식이 없는 거실에서 유난히 돋보였다.

　구석구석 사진을 찍는 기문을 피해 아일랜드식탁 밑에
숨어 있는 동안 나는 기문의 엄마가 만들어 준 달걀찜의 맛
을 기억해냈다. 잘게 썬 당근이며 호박이 잔뜩 들어간 달걀
찜 말고 아무것도 넣지 않은 곱디고운 달걀찜. 언젠가 기문

의 집에서 맛본 뒤로 우리 집 달걀찜 말고 기문이네 달걀찜을 해달라고 엄마에게 며칠이나 성화를 부린 적이 있었다. 그때 엄마는 몹시 화를 내며 저녁상까지 물렸다. 악을 쓰고 우는 나에게 기문이네 엄마가 그렇게 좋으면 그 집에 시종으로 들어가 살라고 했다.

시종. 그때 나에게 시종이라는 단어는 너무나 끔찍하게 들렸다. 왜냐하면 내가 나눗셈을 잘 못하거나 칠칠치 못하게 주스 따위를 흘리면 엄마는 늘 그러다 남의 시종 노릇이나 하게 될 거라며 악담을 퍼부었으니까. 나는 식탁 밑에서 나올 생각도 하지 않고 기문을 올려다보았다.

"살림꾼이었던 것 같아."

내가 말하자 기문이 뷰파인더에서 눈을 떼고 물었다.

"살림꾼?"

"너희 엄마."

"그랬나."

"너희 엄마가 우유갑을 자른 다음 펼쳐서 차곡차곡 모았잖아. 김치 자를 때 쓴다고. 도마에 빨간 물 들지 않게. 그 말 듣고 우리 엄마도 우유갑을 안 버리고 모으기 시작했던 것 같아."

"우리 엄마 〈주부생활〉 엄청 봤거든. 거의 필사하듯이 공책에 살림 꿀팁 적어두고 너희 엄마한테 공유했던 것 같다. 진짜 웃겨."

"그거 알아?"

"뭐?"

"엄마가 그거 되게 싫어했어."

그런 것쯤은 쉽게 알 수 있었다. 어린 딸은 제 엄마의 기분을 귀신같이 알아차리기 마련이니까. 엄마와 함께 기문의 집에 놀러 간 날이면 무조건 야단을 맞곤 했다. 젖은 수건을 바닥에 두어서 혼났고 레고 블록을 마구잡이로 쏟아부어 혼이 났다. 원래는 아무렇지 않게 허용되던 것들이 기문의 집에만 가면 더럽고 정신 사나운 일이 되었다.

"그랬구나."

기문은 잡초가 무성한 마당 쪽으로 몸을 돌렸다. 자신의 엄마와 나의 엄마의 관계를 자꾸만 들먹이는 기문에게 반감이 들었다. 좋은 사이였다고, 서로를 몹시 아꼈다고 생각하게 내버려두는 것도 좋을 수 있지만…… 그러고 싶지 않았다. 기문은 알기나 할까. 아주 쉽게 배신자가 될 수 있는 사람의 자식으로 태어나 그 어린 삶을 맡기게 되는 것의 의미를.

*

휴대전화로 동영상까지 찍고 나서야 기문은 2층을 둘러보자고 했다. 이 저택을 빌리는 금액은 시간당 20만 원 정도였는데 가구가 워낙 없다 보니 채워야 할 요소도 많아 연출로부터 긍정적인 대답을 듣기는 어려울 거라며 한숨을 내쉬었다. 나는 계단을 올라가면서 풀죽은 기문을 살짝 훔쳐보았다. 그러다 걸음을 멈추고 잠시 통화를 해야겠다며 거실 쪽으로 내려갔다. 기문은 먼저 2층을 보고 있겠다며 올라갔고 나는 거실을 한 바퀴 둘러보다 패브릭 소파에 앉아 엄마에게 전화를 걸었다. 신호음이 몇 번을 울려도 연결되지 않았고 결국 나는 포기한 채로 몸을 뒤로 젖히고 눈을 감았다.

어느 한겨울 기문과 빙어 축제에 갔던 기억. 그때는 우리 가족 여행에 어린 기문만이 동참했다. 나와 기문은 부모가 한사코 조심하라고 말리는데도 두꺼운 옷에 점퍼까지 껴입은 채로 빙판을 열심히 뒤뚱뒤뚱 걸어 다녔다. 손바닥 크기의 구멍이 난 빙판을 유심히 들여다보며 그 안의 전부가 물이라는 것에 아주 놀라워하던 시절이었다. 아버지는 당신의 가랑이 사이에 나와 기문을 번갈아 앉혀두고 낚시를 했다. 찌가 까딱거리면 아버지는 그 신호를 놓치지 않고 챔질을 했다. 그렇게 건져 올린 빙어 몇 마리를 통에 담아 두었는데 아버지는 그중 한 마리를 꺼내 우리 앞에 가져왔다. 그리고 이런 것쯤은 아무것도 아니라는 듯 펄떡거리는 물고기를 한입에 삼켰다. 이 생선은 뼈째로 씹어 먹는 생선이야. 씹을수록 고소해. 나와 기문은 아버지가 그것을 씹어 삼키는 모습을 끝까지 바라보았다. 그러다 둘 중 한 명은 울음을 터뜨렸던 것 같은데.

집에 갈 시간이 되었지만 아버지가 차 키를 잃어버려서 우리 가족은 한참이나 보도블록 위에 주저앉아 오들오들 떨어야 했다. 담요조차 없어 수건 두 장을 하나씩 나눠 어깨에 덮은 우리는 몸을 맞붙였고 나의 부모는 우왕좌왕하며 다투기 바빴다. 그때 기문은 나에게 속삭였다. 오늘 우리 엄마 아빠 이혼하러 갔어.

"이혼은 어디서 하는 건데?"

"몰라. 나는 다행인 것 같아."

"그럼 너 이사 가?"

"아닐걸."

그때 나는 기문의 뺨에 내 뺨을 갖다 대었던 것 같다. 가만히 무슨 말을 했던 것 같은데, 어떤 말을 했는지는 정확히 기억나지 않았다. 다만 차 키는 트렁크에 꽂혀 있었고 이를 발견한 아버지는 마지막으로 트렁크 문을 열었던 사람이 누구냐며 화를 냈다. 나는 그것이 아주 이해되지 않았고 기문도 마찬가지일 거라는 생각이 들어 부끄러웠다.

기문에게서 카톡이 왔다. 얼른 올라와. 동시에 엄마에게서도 전화가 왔다. 나는 엄마의 전화를 받지 않고 무음 모드로 전환한 뒤 거실을 가로질러 계단을 올랐다. 좁다란 복도가 나왔고 양쪽 끝으로 방이 나 있는 구조였다. 오른쪽으로 돌자 그곳에 기문이 있었다. 기문의 앞에 누군가 서 있었다. 편안한 차림새의 할아버지는 거대한 직사각형 창에서 들어오는 빛을 그대로 받고 있었다.

"얘기 들었어요. 집 보러 오셨다고."

"죄송해요. 계신 줄도 모르고."

"전혀, 전혀. 괜찮아요. 뭘 좀 하고 있느라고. 그래도 잘 들어오셨네."

자신의 이름을 무정이라고 소개한 할아버지는 이 집을 관리한 지 20년 정도 되었다고 덧붙였다. 그럼 20년 동안 아무도 살지 않은 거예요? 하고 내가 묻자 할아버지는 고개를 끄덕였다.

"내가 살고 싶다."

"그러게."

"둘은 관계가 어떻게 돼요?"

나는 기문이 앞서 말한 것이 생각나서 스태프와 피디 사이라고 둘러댈 준비를 했다. 그런데 기문이 먼저 소꿉친구라며 내 팔짱을 꼈다. 할아버지는 보기가 참 좋다고, 그런 소중한 관계들이 차곡차곡 모여 세월을 외롭지 않게 만들어주는 거라며 덕담을 해주었다. 그때 떠올랐다. 아버지가 차 키를 잃어버려 하는 수 없이 기문과 보도블록 위에 앉아 서로를 부둥켜안고 있었을 때, 뺨에 뺨을 갖다 대며 그 온기에 젖어 그런 말을 했었다. 우린 아마도 자매일 거라고. 그러자 우리 사이에 난데없는 확신 같은 것이 솟아올랐다. 그러니까 잊고 있었던 결속에 대한 믿음이랄까. 기문이 나를 찾아온 이유는 오래전 피가 아닌 말을 통해 나누었던 그 결연에 대한 증명일 수도 있었다.

"아주 오랜만에 만났어요. 어렸을 때 같은 아파트에 살았거든요."

"인연이 깊네요. 저도 이 집 주인하고 소꿉친구였어요."

"정말요?"

"그때는 똑같이 못살고 버짐이나 잔뜩 핀 코흘리개였어요. 그런데 그 친구가 성인이 되고 사우디아라비아에 가서 큰돈을 벌어 오더니 방직공장 하나를 인수하더라고요. 그게 시작이었죠.”

“대단하네요.”

“걔 따라갔으면 좋았을 텐데, 저는 배우였어요.”

“정말요?”

“유명하지는 않았지만.”

할아버지는 조금 망설이더니 시간이 좀 더 있느냐고 물어보았다. 우리는 잠시 고민하다 고개를 끄덕거렸다. 할아버지는 보여줄 게 있다며 10분만 쉬다가 내려오라고 한 뒤 먼저 1층으로 내려갔다. 그렇게 우리는 덩그러니 남겨졌고 얼마간의 침묵을 견디고 나서 내가 기문에게 물었다.

“같이 해결해야 할 일이 있지 않아?”

“우리 사이에 그런 건 애초부터 없었어. 엄마 일은 엄마 일이고, 나는 물려받고 싶은 것만 물려받을 거야.”

기문은 이곳에서 찍을 웹드라마의 줄거리에 대해 이야기해주었다. 한 중년 전문의와 사랑에 빠진 남자가 부유한 저택에서 전문의의 남편을 만나 오랜 대화 끝에 살인을 저지르는 내용이라고 했다. 그러면서 가장 마음에 들었던 대사를 읊어주었다. 사람이 죽고 싶은 만큼 죽을 수 있으면 좋겠어. 그러면 새 꿈과 새 가족, 새 친구를 가질 수 있을 거야. 나는 그 이야기를 듣고 문득 집에 있는 호박이가 떠올랐다. 홈캠을 켜서 집 안을 확인했는데 누군가 있었다. 실루엣만 보고도 엄마라는 것을 알 수 있었다. 엄마는 무언가를 열심히 찾고 있었다. 나는 홈캠의 스피커를 켜고 말했다. 엄마, 뒤져도 나올 거 없으니까 호박이 밥이나 좀 줘. 기문이 나의 손을 잡았다.

*

거실로 내려왔는데 할아버지는 보이지 않았다. 화장실과 다용도실, 마당 곳곳을 뒤져보았지만 할아버지는 완전히 사라지고 없었다. 나와 기문은 허무한 마음으로 거실 중앙에서 서로를 바라보았다. 귀신에게 홀린 것처럼 머리가 무거웠다. 기문은 아마도 할아버지에게 아주 급한 일이 있었을 거라고 했다. 우리에게 말도 하지 못한 채 집을 나설 수밖에 없었을 거라고. 결국 할아버지가 돌아올 때까지 조금만 더 기다려보기로 했다. 창문 밖으로 해가 서서히 저물고 있었다.

내가 이미 집으로 돌아가는 기차표를 예매했다고 하자 기문은 몹시 실망했다. 당연히 자고 갈 줄 알았던 모양이다.

나는 아픈 호박이를 집에 혼자 둘 수 없다며 양해를 구했
다. 기문은 어쩔 수 없다는 듯 고개를 끄덕이면서도 서운한
마음을 감추지 못했다. 사실 호박이도 호박이었지만, 엄마
가 멋대로 집에 찾아와 무엇을 훔쳐 갔을지 모른다는 생각
에 마음이 불안하기도 했다. 옷장 밑에 숨겨두었던 인감도
장 따위를 떠올리다가 몇 년의 조정 과정을 거쳐 이혼한 뒤
명백하게 남이라는 것을 인정받을 수 있었던 아버지가 떠
올랐고 그게 조금 비겁하다고 생각했다.

"기문아."

"응?"

"네가 뭔가를 보고 있다는 믿음이 있으면 정말 내가 그
걸 볼 수 있어?"

"마임? 그럼 볼 수 있지."

"그게 보이지 않더라도?"

"응."

"실체가 있는 것처럼?"

"실체가 있는 것처럼."

"보여줘."

민망하게 웃으며 머뭇거리던 기문은 사실 준비해둔 게
있다고 했다. 그러더니 나를 소파에 앉혔다. 날이 거의 완전

히 저물어 거실 등을 켜야만 했다. 층고가 높은 고요한 저택에서는 아무 소리도 들리지 않았고 사뭇 어색함이 감돌았다. 기문은 잠시 나를 보고 우뚝 서 있었다. 힘을 빼려는 듯 고개를 좌우로 천천히 꺾으며 손을 탈탈 털었다. 문득 영화관에서 보았던 땅콩 할머니가 떠올랐다. 자그마한 것에 신경이 팔렸거나 눈을 감고 있어도 종국에는 좋은 영화를 보았다고 말하던 그 할머니를. 나는 그런 사람들을 은근히 미워했다. 나로 살지 않아도 되는 사람들을 조금씩 미워했고, 그건 지독하고 우스운 일이었다.

이윽고 나는 기문이 가볍게 잔을 쥐었다는 것을 알아차렸다. 기문은 잔 속의 무언가를 가만히 응시했다. 그 안에 든 것이 무엇인지 알고 싶어 하려는 찰나 기문은 티스푼으로 잔 속에 든 것을 천천히 저었다. 그런 다음 티스푼을 내려놓고 잔을 든 손을 치켜올렸다. 응당 그것을 마시려는 줄 알았지만, 기문은 그것을 제 머리 위로 올려 부어버렸다. 나는 눈을 질끈 감은 기문의 턱끝에서 무언가 분명 흐르고 있다고 생각했다. 그렇게 젖은 얼굴을 마른손으로 대충 훔치고 엎드린 채 바닥을 열심히 닦는 기문을 보며 나도 그 순간만큼은 새 삶을 다짐했던 것 같다.

소파에서 엉거주춤 일어나 무릎을 꿇고 기문에게 다가

갔다. 기문의 걸레를 빼앗아 찢는 시늉을 한 뒤 바닥을 함께 닦고 그런 내가 어설픈 것을 알아 한참을 웃었다. 손등으로 기문의 뺨을 쓸어내린 다음 내 뺨을 갖다 대었다. 그러자 기문이 말했다. 이제 나는 가진 게 아무것도 없어. 그래서 그런가 봐. 깊은 관계가 너무 간절해. 나는 잠시 망설이다가 대답했다.

"그럴수록 멀어지게 될 거야."

"그렇게 생각해?"

"설령 우리가 자매라도."

"선이야."

"금두꺼비 말이야."

"응."

"그건 없는 기아. 우리가 본 적도, 볼 수도 없는 것. 그러니까 있었다고 말할 수조차 없다고."

기문이 천천히 고개를 끄덕였다. 그 말을 끝으로 우리는 대화를 나누지 않았다. 다만 느리게 자리에서 일어나 떠날 채비를 했다. 그런데 기문이 주머니를 뒤지며 차 키를 어디에 뒀는지 기억나지 않는다고 했다. 나는 저택에 들어오자마자 기문이 귀여운 어금니 모양의 키링이 달린 차 키를 아일랜드식탁 위에 올려두었던 것을 기억하고 있었다.

하지만 식탁을 아무리 살펴도 차 키는 없었다. 기문은 아무래도 차 안에 놓고 내린 것 같다고 했다. 우리는 현관문을 단단히 잠근 뒤 마당을 가로질렀다.

차고는 텅 비어 있었다. 원래부터 없었던 것처럼 차는 말끔히 사라져 있었다. 기문이 관리인에게 전화를 걸어보았지만, 받지 않았다. 상황이 이 지경까지 왔는데도 기문은 그 무정이라는 이름의 할아버지가 집주인과 소꿉친구 사이였을 거라고 확신했다. 그 얼굴을 봤잖아……. 그게 진심이 아니면 뭔데? 나는 얼빠진 기문을 뒤로하고 도난 신고를 하기 위해 휴대전화를 들었다. 그새 엄마에게서 연락이 와 있었다. 호박이가 아파 보여서 병원에 가고 있어. 금두꺼비는 찾아봤는데, 아무래도 없네. 이따 설명할게. 미안해. 나는 애써 문자메시지를 무시하고 열쇠를 배전함 안에 넣어두었다. 무거운 낯을 한 채로 한참 동안 비탈길을 걸어 내려갔다.

늘 정신을 차려보면 어쩔 수 없이 엄마의 공범이 되어 있었다. 엄마가 훔친 것을 함께 숨긴 적이 있었던 아이, 혹은 모든 것을 봐놓고도 묵인했던 딸. 그러나 이번만큼은 절대로 그런 취급을 당하고 싶지 않았다. 하고 싶지도 않은 일, 훔친 적도 없는 물건들 때문에 나는 자꾸만 억울해졌다. 어찌 됐든 나는 분명 기문이 보고 있는 것을 보았고 흐르는 것을 정말로 함께 닦아내었다.

여태껏 어떤 순간들에 자주 분노하고 많이 의지하며 살아왔다. 당분간은 기문이 마임을 보여주던 그 순간에 의지하고 싶었다. 나와 기문은 고요한 부촌 골목을 내려오며 무정이 우리의 차를 몰고 달아나는 장면을 구체적으로 상상했다. 상상 속에서 무정은 아주 절박한 얼굴이었다.

작은   벌

작은   벌

이중일은 한 시절에 얻어진 작은 사명감으로부터 자신의 인생이 기어코 뒤틀렸다는 사실을 인정해야만 했다. 그 시절 교정 앞에는 머리를 초록색으로 물들인 노인 한 명이 박스째 메추리를 가져와 팔았다. 부화한 지 얼마 되지도 않아 보이는 메추리들. 그 비좁은 박스에서 어떻게든 탈출하기 위해 하찮은 뜀박질을 반복하고 있었다. 아이들은 한 번이라도 메추리를 만져보기 위해 손을 뻗었고, 그럴라치면 노인이 들고 있던 효자손으로 아이들의 손등을 때렸다. 사기 전까지는 못 만진다. 결국 아이들은 메추리를 마음껏 만질 수 있는 기회를 얻기 위해 부모 몰래 500원에 메추리를 사게 되었다. 헐값에 메추리를 구매한 만큼 아이들은 그 검지만 한 생명을 데려다 키우는 것에 대한 책임과 의무를 제대로 알 리가 없었다.

메추리 노인이 교정 앞에 좌판을 깔고 얼마 지나지 않아 그 근방 아파트 단지 화단에는 메추리들이 출몰했다. 대부분 죽었거나 숨이 간신히 붙어 있었다. 어린 이중일은 발견한 메추리를 꾸준히 파출소에 가져다주었다. 그게 맞는 일 같아서 그랬다. 맞는 일. 지금 생각해보면 경찰관들이 꽤나 당황했을 것이다. 틀린 일은 아니되 성가신 일이었으니까. 맞다. 이중일은 세상에 온갖 성가신 일이 일어나는 데는 다 이유가 있다고 생각했다. 노인이 작은 메추리를 갖다 팔기 시작하면서부터, 아니 메추리가 태어남으로써 시작되는 일들.

어린 이중일은 메추리를 파출소에 가져다주는 일 정도로 그 작은 사명감을 해소했지만, 자라날수록 단지 태어남으로써 생겨나는 무수한 성가신 일을 해결할 수 있는 '무엇'이 되어야겠다고 생각했다. 그래서 꾸준히 생활기록부의 직업란에 경찰관이나 소방관 따위를 적어 넣었고 어떤 담임은 평범하지만 어려운 직업이구나, 하고 넌지시 속마음을 말해주기도 했다. 그렇지만 이중일은 나름대로 자신의 길이 주어져 있을 거라고 생각했다. 지방의 응급구조학과에 진학할 때까지는 노력의 효용성에 대해 믿어 의심치 않았다. 물론 여섯 번째 고시에 실패했을 때, 그것의 무가치함을 인정할 수밖에 없었지만.

이중일이 그런 생각을 하는 동안 어느덧 차는 강남 일 대에 진입했다. 고층 건물 사이로 비치는 햇빛에 눈이 부셨 다. 이중일은 선글라스를 쓸까, 하다가 생각을 고쳐먹었다. 언젠가 상사인 주 선배와 함께 출동했을 당시, 조수석에 앉 은 주 선배가 선글라스를 챙겨 온 이중일의 어깨를 툭툭 치 며 말했기 때문이었다. 중일아, 중일아. 씨발, 뒤에서 사람 이 죽어가는데 선글라스가 말이 된다고 생각해? 내비게이 션에서 알림이 울렸다. 곧 목적지에 도착합니다. 이중일은 다시 한번 병원 이름을 체크했다. 요즘에는 병원 이름을 하 도 헷갈리게 지어 잘못 가는 경우가 많았다. 연세기적사랑 희망병원. 출신 대학과 온갖 추상명사를 갖다 붙인 흔하디 흔한 병원명 중 하나였다. 하지만 환자와 보호자 입장에서 는 더없이 중요한 것들로만 들어찬 이름.

병원에 주차를 하고 보호자에게 전화를 했다. 다급한 목소리의 젊은 여성이 전화를 받았다. 여보세요? 잠깐만요. 그리고 뚝 끊긴 뒤, 몇 초 후에 다시 그 번호로 전화가 걸려 왔다. 잔뜩 날이 서서 예민했고 어딘지 아릿하게 사람 신경 을 긁어대는 목소리였다.

"얼른 올라오세요. 여사님이 잔뜩 화가 나 있네요. 저

혼자는 무리예요."

　이중일은 얼른 차에서 내려 뒤쪽에 실린 이송 침대를 꺼냈다. 그리고 재빠르게 병원 안으로 들어갔다. 보호자의 목소리와는 다르게 내부 풍경은 평온했다. 공기 중에는 커피 냄새가 은은하게 배어 있었다. 입구부터 각양각색의 화분이 줄지어 늘어선 걸 보아하니 개원한 지 얼마 되지 않은 병원 같았다. 이중일은 데스크에 앉아 있는 이들에게 가볍게 인사를 건넨 뒤 엘리베이터 버튼을 눌렀다. 그러자 단발머리 여자가 이중일에게 다가와 물었다.

"진정희 씨 이송하러 오신 거 맞죠?"

"네, 맞습니다."

"제천 모두모아사랑병원으로요."

"네."

　여자는 고개를 끄덕인 뒤 자리에 가 앉았고 이중일은 엘리베이터에 올라 6층 버튼을 눌렀다. 문이 닫히고 더 이상 클래식 음악이 들리지 않자 조금 숨을 쉴 수 있을 것 같았다. 이중일은 필사적으로 안정과 평온을 가장하려는 병원들의 태도가 늘 마음에 들지 않았다. 사설 구급대원으로 일하면서 온갖 환자를 대형 병원으로, 요양 병원으로, 정신병원으로, 의료원으로 실어 날랐고 그 과정에서 전치 3주의 상해를 입은 적도 있었다. 그들은 대부분 모종의 이유로 사설 구급차를 타는 '행위'에 아주 절실했고 치열했으며 무엇이든 할 준비가 되어 있었다. 이중일은 그런 환자와 보호자들을 이송하는 동안 말도 안 되는 요구에 응대해야 했고 그들끼리 일어난 싸움을 중재하며 얻어맞는 일도 더러 있었다.

그렇게 치열한 현장에 있다가 집에 오면 모든 게 허무했다. 이중일은 간편식을 잔뜩 사다 놓고 오로지 그것으로만 끼니를 때웠다. 별다른 취미도 없어 통장에는 차곡차곡 돈이 쌓였다. 하지만 푼돈이었고 그 돈으로 이룰 것은 마땅히 없었다. 그럴 때면 전연한 부모가 생각나기도 했지만 이중일에게는 지금 유지하고 있는 이 이상한 평화를 깨트릴 만한 용기가 없었다. 이토록 허무하게 살아내는 삶. 그게 이중일이 정의 내린 이상한 평화였다.

*

병실 안으로 들어서자 락스 냄새가 확 끼쳤다. 지독할 정도로 나는 냄새에 절로 미간을 찌푸리게 되었다. 전반적으로 정리정돈이 잘되어 있었고 침대 옆에 가지런히 놓인 파란색 타포린 가방 세 개가 환자와 보호자의 짐인 것 같았다. 보호자는 그새 어딜 나갔는지 보이지 않았고 환자만 침대에 비스듬히 누워 있었다. 고요하게. 이중일은 아까 받았던 긴급한 전화를 떠올렸고 조용히 잠들어 있는 환자를 보며 의아해했다. 보호자의 목소리는 분명 다급했는데. 백발의 긴 머리를 늘어뜨린 채 잠든 환자를 어쩌지 못해 멀뚱히 서 있기를 몇 분, 한 여자가 양손에 비닐장갑을 낀 채 접이식 카트를 끌며 들어왔다. 그리고 이중일을 보며 대충 인사하더니 환자를 흘겨보았다.

"아까는 그렇게 난리더니, 저렇게 곤히 잠들 거면서."

여자는 테이블 위에 있던 손 소독제를 꺼내 이중일의 손에 직접 짜 주었다. 이중일은 손을 대충 맞비빈 뒤 이송 침대를 환자의 침대 옆에 바싹 붙였다. 그런데 여자가 갑자기 분무기를 이송 침대에 들이대며 여기저기에 뿌린 다음 키친타월로 능숙하게 슥슥 닦았다. 이중일은 그 일이 끝날 때까지 그저 가만히 서 있었다. 이미 몇 차례 겪어본 일이었다. 여자는 그렇게 제 할 일을 마친 뒤에 느긋한 태도로 환자를 흔들어 깨웠다. 이중일은 병실 앞에 붙어 있던 환자 이름을 다시 한번 머릿속으로 되새겼다.

"여사님, 갈 시간이야."

이중일이 들어올 때까지만 해도 잘 자고 있던 진정희는

여자가 말하자마자 눈을 번쩍 떴다. 조금 꾸물거리다가 천천히 침대 난간을 내린 뒤 바싹 붙은 이송 침대 위로 기어가 풀썩 누웠다. 분명 이송 요청을 할 때 혼자서는 거동조차 하지 못한다고 했는데. 이중일은 이상하다고 생각하면서 반듯이 누운 진정희의 발끝 언저리부터 차례차례 안전벨트를 채워나갔다. 천장을 바라보며 눈을 깜빡이는 진정희는 윗배에 한 손을 올리고 다른 손으로 코를 쥐고 있었다.

"환자분, 손을 내려놓아야……."

"잠시만."

여자가 이중일을 제치고 진정희의 얼굴에 바싹 다가갔다. 그리고 함께 코를 쥔 채 숨을 멈췄다가 깊은숨을 뱉어냈다. 이중일도 그게 뭔지는 알고 있었다. 대학교 때 교양으로 요가 수업을 들으면서 배운 적이 있었다. 교호호흡. 자고 일어났을 때나 긴장될 때 하면 머리가 맑아진다는 호흡법이었다. 이중일은 그들의 호흡이 끝날 때까지 기다리면서 이들이 과연 어떤 관계일지 생각했다. 처음 이송 신청을 할 때 이중일은 여자에게 관계가 어떻게 되느냐 물었고 여자는 친구 사이라고 했다. 이중일은 분명 관계를 물었는데 여자는 '사이'라고 대답했다. 그때도 그것이 이상하다고 생각했다. 게다가 아까 여자는 진정희를 여사님이라고 칭했다.

나이 차이도 딱 그 정도인 것 같았다.

"이제 가요."

"송이 씨, 이거 챙겨."

진정희가 가리킨 것은 다름 아닌 괄사였다. 이중일은 그제야 보호자의 이름을 기억해냈다. 서, 송, 이. 또박또박 자신의 이름을 말하던 그 날카로운 목소리가 기억났다. 서송이는 주머니에 아무렇게나 괄사를 쑤셔 넣고 빠르게 타포린 가방 세 개를 카트에 올렸다. 이중일은 이송 침대를 천천히 밀면서 누워 있는 진정희를 흘긋 바라보았는데, 진정희도 눈을 가늘게 뜬 채로 이중일을 바라보고 있었다. 그렇게 눈이 마주친 순간, 진정희는 바로 눈을 감았다. 곤히 잠든 것 같은 숨소리를 내었다. 이중일은 어쩐지 기분이 불쾌해졌고 급기야는 이들을 데려가 아무도 알지 못하는 곳에 버려둔 뒤 도망쳐버리고 싶다는 생각에 사로잡혔다.

*

진정희가 탄 이송 침대를 들어 구급차에 올리려는데, 주변에 온갖 병원 사람이 배웅을 나와 있었다. 심지어 이중일에게 말을 걸었던 단발머리 여자의 눈엔 눈물이 그렁그렁했다. 모두가 진정희와 서송이의 손을 한 번씩 맞잡았다. 이중일은 잠자코 그들을 기다리려다가 눈물이 그렁그렁한 여자가 다시 한번 인사를 건네려 할 때 빨리 가야 한다며 이를 저지했다. 사설 구급차의 이송 비용은 시간당으로 계산되는 게 아니었다. 보통 이동 거리로 계산되었기 때문에 지금 이곳에서 하는 모든 행위는 이중일에게 헛짓거리에 불과했다.

겨우 진정희와 서송이를 차에 태우고 나자 무거운 침묵이 찾아왔다. 이중일은 깊은 한숨을 쉬었다. 그제야 일이 수순대로 신행되고 있다는 생각이 들었다. 이제 그들을 태우고 목적지에 데려다주면 되는 것이었다. 솔직히 말해서 진정희는 크게 아픈 곳도 없어 보였다. 그게 다행이라면 다행이었다. 이중일은 신체 절단 사고 환자를 긴급하게 이송해야 했던 기억을 떠올렸다. 피가 뚝뚝 떨어지는 손가락을 붕대로 대충 지혈한 채 잘려 나간 손가락 마디를 쥔 환자를 태우고 꽉 막힌 도로를 달리는 심정이란. 이중일은 시동을 걸고 운전을 시작했다. 앞으로 두 시간 반 정도면 제천에 도착할 터였다.

"이거 열어도 돼요? 공기가 안 통해서. 음압 구급차 아니죠?"

서송이가 운전실과 환자실 사이에 있는 창문을 열며 물었다.

"아닙니다."

이중일은 최대한 건조하게 대답하면서도 네이버 검색을 통해 가장 저렴한 구급차를 불렀을 거면서 이 상황에 음압이니 어쩌니 하는 서송이의 태도가 마뜩잖았다. 심지어 출근 시간과 겹쳐 뱅뱅사거리는 포화 상태였다. 이중일은 솟구치는 짜증을 억누르기 위해 한 손으로 미간을 문질렀다. 그들은 이중일이 듣건 말건 신경도 안 쓰고 큰 소리로 대화를 나누었다.

"이거 봐. 이 엄지, 아직도 건조해서 껍질이 벗겨지잖아."

"그래도 다 아물었네."

"꼭 들짐승처럼 물어뜯었잖아. 입속에 들어간 휴지 조각을 빼주려고 한 건데."

"전혀 기억 안 나."

"사람이 물어뜯은 건 보험도 안 되더라. 주사 두 방에 6만 원이야."

"상해라서 그렇지. 아무래도."

"진단서 떼려다 참았어."

"송이 씨, 나 기억이 안 나. 아마 살고 싶어서 그랬을 거야.”

이중일은 진정희와 서송이의 대화를 엿들으며 조용히 자일리톨 두 알을 꺼내 입에 털어 넣었다. 입에 개운한 단맛이 돌자 조금 활기가 생겼다. 오늘은 주 선배의 별다른 지시가 없다면 일찍 퇴근할 수도 있을 것 같았다. 그때 진정희가 누운 채로 이중일에게 소리를 질렀다.

“저기요!”

“네?”

“이름이 뭐예요?”

이중일은 조금 고민하다가 이름을 말해주었다. 그러자 서송이가 손가락으로 2와 1을 만들며 말했다. 2 중 1이요? 그리고 진정희와 함께 폭소했다. 이중일은 어릴 적부터 흔히 받던 놀림이어서 아무렇지도 않았다. 다만 어떻게 반응해야 할지 몰라 어색하게 따라 웃었다. 이윽고 진정희가 창문에 얼굴을 빼꼼 내밀었다. 자리에 누우셔야 해요. 이중일이 그렇게 말했지만 진정희는 신경도 쓰지 않았다. 서송이의 도움으로 안전벨트를 완전히 풀어버린 것 같았다. 진정희는 두 손으로 천천히 머리를 정리한 뒤 이중일에게 말했다.

“이 일 별로일 것 같아.”

그렇게 말하면서 눈동자를 굴렸는데, 핏발이 잔뜩 서 있었다. 이중일은 어떻게 대답해야 할지 몰라 망설이다가 속도를 줄이지 않은 채 과속방지턱을 지났다. 그러자 차체가 심하게 튀어 올랐고 진정희가 비명을 질렀다. 서송이가 분주하게 몸을 반쯤 일으켜 진정희를 부축했다. 괜찮아? 허리가……. 그런 소리가 들리고 얼마 지나지 않아 그들의 움직임이 잦아들었다. 이중일이 미안하다고 소리쳤지만 그들은 대답하지 않았다. 조금 민망했지만 차라리 잘됐지 싶었다. 얼마간은 조용할 테니.

*

마지못해 휴게소에 들른 이중일은 주차를 하고 뒤를 돌아봤다. 그제야 진정희가 아까같이 침대에 눕지도 않은 채 앉아 있다는 걸 알았고 그건 정말이지 위험천만한 행위라는 걸 일러주려다가 말이 길어질 듯해 포기했다. 진정희와 서송이는 기필코 휴게소에 들러야 한다고 주장했다. 진정희가 통증이 심해 공황 증세를 보인다며. 실제로 평택휴게소에 다다라 이중일이 서둘러 상태를 확인했을 때, 진정희는 얼굴이 파랗게 질린 채 이를 부닥치며 떨고 있었다. 서송이는 가방에서 노란 알약 두 개를 주섬주섬 꺼내 진정희의 손바닥에 올려주었다.

"아이알코돈."

"고마워."

알약을 털어 넣고 물과 함께 삼킨 진정희는 몇 번 헛구역질을 하다 고개를 폭 숙였다. 서송이는 진정희의 입에서 흘러나온 진득한 침을 손으로 받아내고 있었다. 이중일은 그 모습을 가만히 바라보다가 속이 좋지 않아 자리를 떴다. 그리고 흡연실에서 담배를 한 대 꺼내 피웠다. 저 멀리서 서송이가 진정희를 부축하고 있었다. 그들은 굳이 휴게소 뒤쪽으로 돌아갔다. 이중일은 그들을 따라갔다. 서송이는 휴게소 건물 뒤 풀숲에 주저앉아 땅바닥에 무언가를 주섬주섬 부려놓고 있었다.

이중일은 더 이상 그들에게 쓸데없이 시간을 낭비하지 않겠다고 생각했다. 표정을 굳히고 마음을 단단히 먹은 다음 그들이 있는 쪽을 향해 걸어갔다. 그리고 놀라 아연실색했다. 서송이가 잎담배를 말아 진정희에게 건네고 있었기 때문이다.

"뭐 하시는 거예요?"

평소 이중일은 오지랖이 넓은 편은 아니었다. 하지만

암 전문 병원에서 다른 요양 시설로 옮겨 가는 환자에게 담배를 건네는 보호자는 정말이지 처음 봤다. 이중일이 소리치자 서송이는 얼른 담뱃잎이며 종이 따위를 가방에 쑤셔 넣었고 진정희는 그새 완성된 담배를 입에 문 채 불을 붙였다. 그리고 시원하게 연기를 내뿜은 뒤 걸걸한 목소리로 말했다.

"항암 치료를 네 차례나 받았어요. 그동안 빌어먹을 암은 줄어들지도 않고 자꾸 증식만 하더라고요. 세균에 감염되고 통증에 몸부림치는 동안 병원에서는 계속 약물을 주입해요. 항바이러스제, 진통제, 항구토제, 비타민, 영양제……. 내 몸에는 온갖 약물이 뒤섞이고 암은 더욱 극성을 부리죠. 제일 기분 더러운 게 뭔지 알아요? 결국 그 모든 것을 버텨내도 내 기대 수명은 변함이 없다는 사실이에요."

"그래도……."

"나는 그것들의 계획대로 놀아나지 않을 거예요."

"그것이요?"

"네. 최대한 나를 건사하는 방식으로, 멀리 도망칠 거라고요."

"어디로 간다는 말씀이죠?"

진정희는 대답하지 않았다. 대신 자신이 피우던 담배를

이중일에게 건네주었다.

"잎담배에 이것저것 적당히 첨가하면 훨씬 더 근사한 뭔가가 돼요. 한번 해보세요."

이중일은 그들이 무언가를 첨가했으리라 추정되는 그것이 사뭇 의심스럽기는 했지만, 별나 보이는 그 담배 한 개비가 참 탐스럽게 느껴졌다. 아주 독하고 어지러울 것 같은 느낌. 그와 별개로 진정희와 서송이가 이중일을 바라보는 눈빛은 무심했다. 이중일은 진정희가 건넨 그것을 결국 물어 피우고야 말았다. 필터의 축축한 촉감이 입속에 전해지며 독한 연기를 뿜어내고 나서야 이중일은 인정할 수밖에 없었다. 진정희가 속사포처럼 내뱉은 그 말 속에서 어떤 처절함을 느꼈다는 것을. 그래서 그들의 불순해 보이는 담배를 받아 들 수밖에 없는 어떤 '상태'에 빠지고 말았던 것이다.

얼마 지나지 않아 머릿속이 깨끗해지는 것만 같은 기분에 빠졌다. 이중일은 그들의 시시콜콜한 이야기에 맞장구를 쳤다. 그들은 연세기적사랑희망병원의 터무니없는 주사제값에 대해 이야기했다. 4주간 머무르는데 온갖 주사제를 치렁치렁 달아대는 바람에 결국 퇴원할 때는 2000만 원을 지불해야 했다고. 그러면서 눈물을 그렁그렁 달고 배웅 나왔던 단발머리 여자의 흉을 봤다. 그 가슴 아마 수술한 걸 거야. 이중일이 거들었다. 그 여자 가슴이요? 오, 전 단박에 알아봤어요! 웃으라고 한 말인데 그들은 웃지 않았다.

"밥은 그래도 매일 오분도미로 나오더라."

"중일 씨, 휴게소에 들러줘서 고마워요."

서송이는 그러면서 5만 원권 넉 장을 이중일에게 건넸다. 이중일은 한사코 사양했지만 서송이는 끝까지 물러서지 않았다. 이중일의 조끼 주머니에 억지로 돈을 쑤셔 넣은 서송이는 뭐가 그렇게 기분이 좋은지 비실거렸다. 돈까지 받았겠다, 이중일은 더 이상 이들이 얼마만큼의 시간을 잡아먹든 상관없었다. 주 선배에게 전화가 걸려왔다. 나중에 욕을 들어먹을 테지만, 이중일은 전화를 받고 싶지 않아 내버려두었다.

또 한 대의 담배를 마는 서송이의 엄지에는 붕대가 감겨 있었다. 여기저기 때가 타고 닳아버린 붕대는 갈아야 할 시기를 한참 놓친 것 같았다. 정말 진정희가 서송이의 엄지를 물어뜯었을까. 이렇게 멀쩡해 보이는데. 하지만 이중일은 환자들에게 찾아오는 섬망의 형태가 몹시 다양하다는 걸 알고 있었다. 환자들은 여지없이 다가오는 죽음에 굴복하다가도 또 어떨 때는 절대로 물러서지 않겠다는 듯 발

악하곤 했다. 하지만 그 발악의 형태는 실로 몹시 처절하고 볼품없는 것일 때가 많았다.

"중일 씨, 우리 부탁이 있어요."

"무슨 부탁이요?"

"저는 10년 넘게 여사님의 차를 몰았어요."

"그런데요?"

"그래서 여사님이 어떨 때 불편함을 느낄지 알아요. 얼마만큼의 속력을 내는 게 적당한지, 어떻게 커브를 돌아야 안전함을 느끼는지 알고 있단 말이죠."

이중일은 어정쩡한 자세로 그들의 관계를 치켜세웠다.

"정말이지, 서로가 서로에게 길이 들었군요."

"정확한 표현이에요. 역시 이해가 빠르시네요."

잠시 앉으라는 진정희의 권유에 이중일은 바닥에 털썩 자리를 잡았다. 축축한 잔디의 질감이 엉덩이에 그대로 느껴졌다. 그러자 어린 시절의 어떤 기억이 떠올랐고 그들에게 그 사건에 대한 이야기를 해주고 싶었다. 이중일은 꼭 이렇게 생긴 뒷마당에서 고등학교 1학년 때 처음 소주를 마셨다고 고백했다. 그러자 진정희와 서송이는 너무 이른 것 아니냐며 웃었다. 그때 이중일은 친구의 할머니가 산다는 인천의 작은 섬에 가서 비치발리볼을 실컷 하고 근처 슈퍼에서 소주 세 병을 훔쳤다. 마당에 미리 쳐놓은 텐트에 들어가 미지근한 소주를 벌컥벌컥 들이켰다. 아무리 마셔도 취기가 없다면서 취한 줄도 모른 채 즐겁게 들이부었다. 그러고는 어떻게 됐는가.

"중일 씨, 송이 씨에게 구급차를 몰게 해줘요."

진정희가 부드러운 목소리로 이중일에게 일렀다. 이중일은 진정희의 말을 듣고 천천히 눈을 감았다. 몸이 점점 아래로 가라앉았다. 어느새 완전히 누워버린 이중일의 얼굴 위로 그림자가 드리워졌다. 다시 눈을 뜨자 진정희와 서송이의 얼굴이 코앞에 다가와 있었다. 그럴 수 있겠어요? 당신 너무 취했어. 그들 중 누군가가 말했다. 이중일은 기분 좋은 무력감에 빠진 채 암요, 그럼요, 하고 대답한 뒤 눈을 감았다. 그들은 차례차례 이중일의 눈을 까뒤집어 보고 심장에 귀를 대보았다.

*

그때 이중일은 함께 텐트에서 자던 친구의 목을 졸랐다. 이 좆만한 새끼가 틈만 나면 나를 무시하고 자빠졌다고. 어른이 된 이중일은 그때 일에 대한 일말의 죄책감도 없었

작은 벌

다. 왜냐하면 걔는 정말 그랬으니까. 응당 그런 취급을 받아도 쌌으니까. 참 성가신 친구였다. 이중일이 말하는 모든 것에 토를 다는 애였다. 기절한 친구를 발견한 할머니는 이중일을 경찰에 신고했다. 이중일의 부모는 애들끼리 싸운 걸로 별 난리를 부린다며 대수롭지 않게 생각했다. 이중일은 그때 그렇게 건조했던 부모의 태도가 자신의 미래에 아주 큰 영향을 미쳤다고 생각했다. 그 부모에 그 아들이네. 담임이 그렇게 말하며 뺨을 내리쳤던 기억이 아직도 선명하게 떠올랐다.

결국 학교폭력위원회에 가해자로 회부된 어린 이중일은 잘 기억도 나지 않는 당시 상황을 더듬더듬 진술하며 피해자에게 사과하고 싶다고 했다. 하지만 친구는 이를 받아 주지 않았고 이중일의 엄마는 친구가 편부 가정인 것을 어떻게 알고 집까지 찾아가 기어코 어미 없는 새끼라며 욕설을 퍼부었다. 결국 상황은 더욱 악화되어 강제 전학 조치가 내려졌다.

이후 이중일의 생활기록부에는 늘 강제 전학이라는 꼬리표가 붙어 다녔고 이는 아무리 애써도 이중일이 해결할 수 있는 일이 아니었다. 원하던 대학에 들어가지 못한 것도 그 망할 꼬리표 때문이라고 생각했다. 언젠가부터 이중일은 그렇게 갈 길을 잃었다. 좁은 박스에서 최선을 다해 종종 뛰어다니던 작은 메추리처럼 갈 곳을 모르고 사방에 몸을 던졌다. 마음은 단단히 뒤틀렸고 사소한 일에 쉽게 화를 냈다.

생각났다. 그 섬. 조석 간만의 차가 크기 때문에 오가는 배도 몇 척 없던 그 섬. 이중일과 친구는 맨발로 그 해변을 걸었다. 발바닥에서 느껴지는 축축한 모래의 질감이 좋아 그들은 잘도 여러 이야기를 털어놓았다. 사실 이중일이 털어놓은 비밀은 거의 다 거짓말이었다. 이중일은 그만큼 그 친구에게 특별한 사람이 되고 싶었다. 단 하나, 얘기했던 진실이 있다면 경찰관이나 소방관이 되겠다는 꿈이었을 것이다. 그때 친구는 뭐라고 말했지?

자월도. 그제야 이중일은 섬의 이름을 제대로 기억해냈다. 자월도, 거기서 제가 친구의 목을 졸랐어요. 이중일은 정신을 차리자마자 소리쳤다. 그러자 진정희가 고개를 끄덕였다.

"우리는 정말이지, 웬만한 건 다 이해하는 사람들이에요. 세상이 갑자기 얼렁뚱땅 망가진대도 차분히 받아들일 거라고요."

진정희는 아까 서송이가 챙긴 괄사로 이중일의 어깨 근

육을 천천히 풀어주고 있었다. 이중일은 그런 진정희를 올려다보다가 자신이 반듯이 누워 있음을 뒤늦게 깨달았다. 몸을 움직이려고 했지만 잘되지 않았다. 안전벨트가 채워져 있어 꼼짝도 할 수 없었다.

"송이 씨 운전 부드럽죠."

"저기요."

"우리는 단박에 알아봤어요. 중일 씨 살기 싫은 거. 나는 그럴 때마다 목숨을 바꾸고 싶어. 난 진짜 살고 싶거든."

운전석에서 나도, 하고 소리치는 서송이의 목소리가 들렸다. 이중일은 머리가 돌아가지 않아 오랜 시간 진정희를 바라만 보았다. 그들이 도대체 무슨 근거로 그런 말을 하는지 이해되지 않았다. 이중일은 여태껏 살기 위해 일을 했고 잠을 잤고 밥을 먹었다. 그게 살기 위해 하는 일이 아니면 무엇이 살기 위해 하는 일이란 말인가. 아버지가 꼬박꼬박 밥상머리 앞에서 담배를 피울 때마다 이중일은 무슨 생각을 했던가. 바로 살고 싶다는 생각을 했다.

"저도 나름대로 계획이 다 있다고요."

"이해해요. 그런데 살고 싶은 거랑 죽고 싶지 않은 건 다른 문제예요."

진정희가 그렇게 말한 뒤 입술을 내밀고 장난스러운 표

정을 지었다. 그리고 얼마 지나지 않아 고통스러운 듯 얼굴을 우그러뜨렸다. 서둘러 가방을 뒤져 알약을 찾아내 입속에 털어 넣었다. 서송이가 룸미러를 통해 그 모습을 확인하고 시간을 체크하라고 일렀다. 그러자 진정희가 휴대전화로 시간을 확인한 뒤 수첩에 무언가를 빠르게 적었다.

"어디 가는 거예요?"

진정희는 몇 번 교호호흡을 시도하더니 떨리는 목소리로 대답했다.

"아직은 몰라요. 우리는 뭔가를 계획한 뒤 실행하는 타입은 아니거든요."

"제가 당신들을 화나게 했나요?"

그 말을 듣자마자 진정희와 서송이는 누가 먼저랄 것도 없이 큰 소리로 웃었다. 그 소리가 얼마나 큰지 이중일은 급작스러운 소음에 멀미가 날 지경이었다. 이중일은 다시 그 친구를 떠올렸다. 이중일이 자신의 꿈에 대해 말했을 때 친구도 딱 이렇게 웃었다. 이상하게 사람들은 이중일이 웃자고 하는 말이 아님에도 불구하고 자꾸 웃었다. 내 말이 농담 같아요? 이중일이 그렇게 물으면 그제야 사람들은 웃음기를 거두고 진지하게 이중일을 바라보곤 했다.

그러나 유독 친구의 그 웃음은 이중일의 가슴 한구석에

있는 아주 작은 무언가를 건드렸다. 그러니까, 삶이 사실은 살아가는 게 아니라 죽어가는 것임을 일찍 깨달아버린 어린아이의 두려움 같은 것. 우리에게 주어진 것은 삶이 아니라 비선형적인 죽음뿐이라는 막연한 공포. 그걸 모른 체하기 위해 여러 감정으로 내면을 돌려막으며 형성된 부적절한 방어기제 같은 것들. 당시 거닐던 바닷가의 음산한 풍경과 세찬 바람, 메아리치는 친구의 웃음소리 따위는 이중일에게 이 모든 것을 아주 급작스럽게 일깨워주었다.

"당신에게 화나지 않았어요. 사실 그게 제일 화가 나요. 나를 치료하며 생기는 엄청난 의료 쓰레기 더미를 속수무책 바라보는 일."

"나를 이해한다면서요."

"목에 삽관 따윈 하지 않을 거예요. 중일 씨는 아직 상상도 해본 적 없는 일이겠죠."

고개를 저은 이중일은 천장을 가만 바라보았다. 아직까지도 몸이 나른했고 눈꺼풀이 무거웠다. 서송이의 침이 묻어 축축하고 흐물거리던 그 수상쩍은 담배가 떠올랐다. 결국 이중일은 진정희와 서송이를 만나자마자 자신이 이전과는 전혀 다른 상황에 놓일 거라는 걸 희미하게나마 예상했다는 사실을 인정할 수밖에 없었다. 그러지 않고서야 그 담배를 넙죽 받아 피울 수는 없는 일이었다. 그렇다면 왜? 이중일은 자신이 왜 그들의 계략에 그렇게나 쉽게 넘어가주었는지 생각하다가 어떤 결론에 이르렀다.

"사실 저는 알고 있었던 것 같아요."

"뭐를요?"

"당신들이 저를 죽일 거라는 사실이요."

"사실?"

진정희가 고개를 갸웃거렸다. 자신은 한 번도 그런 생각을 해본 적이 없다는 듯이. 이중일은 진정희의 얼굴을 보다가 문득 자신이 사는 동안 한 번도 살고 싶었던 적이 없었음을 깨닫고 말았다. 아까까지만 해도 자신이 평범한 삶을 살고 싶어 한다고 생각했는데, 지금에 와서 보니 평범한 삶이 도대체 무엇인지 알 수 없었다. 게다가 이중일은 이 일이 싫었다. 타인의 삶과 죽음에 대해서도 제대로 생각해보지 않은 채 오래도록 이 일을 해왔고 환자들의 삶에 관여하는 것은 정말이지, 죽도록 싫었다. 그래, 죽도록. 이중일이 건사해왔던 그 이상한 평화는 그들의 삶에 관여하지 않고서야 가능했다.

"제가 혹시 벌을 받는 건가요?"

"중일 씨, 하필 이 순간에 그런 생각이 든단 말이에요?"

"왜 자꾸 묻는 말에 묻는 말로 대답을 하세요?"

"환자분은 자꾸 질문만 하시네요?"

진정희가 그렇게 말하며 괄사로 다시 한번 이중일의 목을 풀어주었다. 목에 적당히 가해지는 압력에 조금이나마 마음이 안정되었다. 어쩌면 그 친구는 이런 이중일의 미래를 알고 있었던 걸지도 몰랐다. 어떤 간절함도 찾기 어려운 공허한 꿈을 당당하게 말하는 꼴이 얼마나 우스웠을까. 이중일이 목을 조른 바람에 친구는 급성 뇌졸중이 왔고 시력이 심각하게 손상되었다. 이중일은 갑자기 그 친구에게, 진정희와 서송이에게 사과를 해야겠다는 생각이 들었다. 그런데 입이 좀처럼 떨어지지 않았다. 그래서 진정희에게 손을 내밀려고 했는데, 두 손 다 여지없이 결박당한 채였다.

*

그들의 말에 따르면, 이중일은 죽지 않을 것이었다. 그저 최소한의 의료 장비가 구비된 차를 필요로 했을 뿐이니까. 이중일을 안심시키기 위한 말에 불과할 수도 있었지만, 그 말을 믿는 수밖에 도리가 없었다. 이중일은 손가락을 꼼지락거렸다. 그러자 진정희가 손가락을 꼭 잡아주었는데,

놀라울 만큼 손이 따뜻했다. 그들은 결코 나쁜 사람들이 아니다. 이중일은 속으로 그 문장을 몇 번이고 중얼거렸다. 그러자 거짓말같이 그들은 선한 사람들이며 자신에게 결코 해를 끼치지 않을 사람들이라는 확신이 들었다.

"역방향으로 타니 속이 좋지 않네요."

이중일이 말하자 진정희가 괄괄하게 웃었다.

"그걸 이제 느끼다니."

잠시 뒤 구급차가 정차했다. 해가 어느덧 저물었는데, 진정희는 불을 켤 생각도 하지 않았다. 이중일은 창문 옆에 스위치가 있다고 일러주었지만 얼굴에 그림자가 진 진정희는 대답도 하지 않았다. 누군가 이불을 덮어주면 좋겠다고 이중일은 생각했다. 어느 순간부터 이중일은 그들에게 무언가 요구하지 않았다. 그저 기다리기만 할 뿐이었다. 뒷문이 열리고 진정희가 서둘러 밖으로 나갔다. 진정희와 서송이는 속닥거리며 대화를 나누고 있었다. 이중일은 그들이 제발 자신을 버리고 가지 않았으면 좋겠다고 생각했지만 이번에도 그런 요구 따위는 하지 않았다.

"중일 씨, 여기서 잠깐 쉬어 가요."

그들은 이중일이 누워 있는 침대를 끌고 조심스레 바깥으로 향했다. 접이식 바퀴를 능숙하게 편 채 이중일의 안

전을 최대한으로 고려하는 그들의 움직임은 몹시 노련했
다. 밖은 캄캄했고 빛 한 줄기 없었다. 오롯이 풀벌레 소리
만 들리는 곳이었다. 진정희와 서송이는 이중일이 탄 침대
를 끌고 풀숲으로 들어갔다. 키가 큰 풀들이 이중일의 얼굴
을 이리저리 할퀴었다. 그들이 빠르게 침대를 옮긴 탓에 멀
미가 났고 기어코 구역질이 치밀었다. 이중일이 누운 상태
에서 토악질을 하자 서송이가 빠르게 이중일의 얼굴을 왼
쪽으로 돌렸다. 그리고 입속에 있는 이물질을 손가락으로
긁어냈다.

"그러니까 물리지."

진정희가 빈정거렸다.

"어쨌든 그러면 안 됐지."

서송이가 쏘아붙였다.

"곧 죽을 사람한테 뭘 바라?"

"내가 곧 죽을 사람한테 이렇게까지 하는 건 뭔데?"

"사랑이라고 생각하면 되잖아."

"이모가 그냥 막 요구할 수 있는 게 아니잖아, 뚝딱뚝
딱, 그렇게 되는 게 아니라고."

"그럼 그냥 버리지 그랬어."

"생각 안 해봤을 것 같아?"

그들 사이에 정적이 흘렀다. 이중일은 자기를 사이에 두고 싸우는 그들을 한참 바라보다가 조용히 말을 건넸다.

"오줌이 마려워요."

"싸세요."

서송이가 단호하게 말했다. 그리고 한숨을 쉬더니 울먹거리며 진정희에게 사과했다.

"미안해, 나 없는 말을 한 것 같아."

그러자 진정희가 담담하게 서송이를 위로해주며 대답했다.

"그건 없는 말이 아니야. 있는 말이야, 송이야."

그런데 우리 사이에는 금방 잊힐 수 있는 말이지. 그 말을 끝으로 그들은 짜기라도 한 듯이 이중일의 침대 바퀴를 접어 침대를 풀숲에 눕혀놓았다. 그리고 서송이는 휴게소에서 했던 것처럼 바닥에 자리를 잡고 앉아 담배를 말았다. 진정희는 이중일의 옆에 누워 하늘을 바라보았다.

"좋죠?"

"네?"

"좋다고 해요."

"좋네요."

"우리는 처음 봤을 때부터 당신이 마음에 들었어요. 당신 속을 채워주고 싶었거든요. 화학적으로요. 되게 간단한 문제거든요."

"저를 두고 가나요?"

이중일이 떨리는 목소리로 말했다. 생전 자신은 두고 가는 사람이었지 남겨진 적이 한 번도 없었다. 쓰러져 있는 친구를 두고 텐트 밖으로 나온 사람도 자신이었고 싫은 소리 한 번 하지 않았던 부모를 뒤로하고 제 살길을 찾아 고향을 떠나온 사람도 이중일 자신이었다. 그러니까 이중일은 버려지는 일 따위에는 결코 관심이 없었던 것이다.

"세상은 당신에게 안전해요."

진정희가 그렇게 말하며 이중일의 볼을 가볍게 쓰다듬었다.

*

진정희와 서송이는 두 대의 담배를 말아 각각 피우고 이중일에게 한 모금씩을 나눠 주었다. 이중일은 누운 채로 담배를 피우면서 자신이 아주 쓸모없는 존재라는 생각이 들었다. 그들은 담배를 다 피운 뒤 손바닥을 탈탈 털었다. 서송이는 이중일의 머리를 한 번 쓰다듬은 뒤 아고고, 하는 소리를 내며 자리에서 일어났다.

“중일, 고마웠어요.”

진정희도 이중일의 귀에 속삭였다.

“우리는 먼 길을 떠나야 해요. 그러려면 중일도 알다시피, 저희에게는 구급차가 필요해요.”

저를 두고 가지 말아요. 이중일은 요구하고 싶었지만 이번에도 그러지 못했다. 머리가 어지러웠고 눈앞이 캄캄했다. 말이 목구멍에서 꽉 막혀 나오지 않았다. 대신 풀벌레 소리만 크게 귓가를 맴돌았다. 그것은 어느 순간엔가 이중일의 고막을 찢어버릴 것 같은 소음으로 다가왔다. 이중일은 그들에게 고백하고 싶었다. 나도, 나도 메추리를 산 적이 있다고. 그 메추리를 굶길 대로 굶긴 후에 아파트 옥상에서 떨어트린 적이 있다고. 그때는 살고 죽는 것이 도대체 무엇인지 알고 싶었을 뿐이라고. 하지만 이중일에게는 결코 그런 말을 할 기회가 주어지지 않았다. 아니, 묻지 않아도 알 것 같았다. 자신에게는 그런 말을 할 자격이 없다는 걸. 대신 덜덜 떨리는 목소리로 말했다.

“고마워요.”

“뭐가요?”

“지금 같이 있어줘서요.”

“하지만 우리는 곧 떠나야 해요. 이모가 해를 보고 싶어 해요.”

“해요?”

“투병 생활이 길어서 뜨는 해를 못 본 지 오래됐거든요.”

“그걸 보면…….”

이중일이 말을 하다 말고 진정희를 바라보았다. 진정희는 의미심장하게 고개를 끄덕였다.

“죽을 수 있을 것만 같아요.”

조용한 바닷가에 구급차를 세워놓고 나란히 앉아 뜨는 해를 바라볼 진정희와 서송이의 작은 등을 상상하며 이중일은 그들의 목표가 종국에는 병원에서 닥쳐올 죽음을 기다리지 않는 일이라는 걸 깨달았다. 그들은 무엇을 해나가며 함께 그 ‘상태’에 당도하고자 하는 것이다. 이중일은 잠시 침묵을 지키다 그들에게 말했다.

“가져가세요.”

“뭘요?”

캄캄해서 얼굴은 보이지 않았지만 되묻는 서송이의 목소리에 활기가 돌았다.

“제 구급차를 가져가주세요.”

기어코 이중일이 그 문장을 내뱉자마자 진정희는 결박

했던 이중일의 손을 풀어주었다. 이중일의 몸을 꽉 조이고 있던 안전벨트까지 차례로 해제한 뒤 셋은 서로를 부둥켜 안았다.

"다시, 다시 말해주세요."

그들의 요구에 이중일은 이미 말했던 문장을 몇 번이고 다시 내뱉었다. 분명 제 것이 아님이 분명한 그 구급차를 제 것이노라 말하면서, 구급차를 제발 가져가달라고 애원했다. 녹음을 마친 아이폰의 경쾌한 알림 소리가 들렸다.

"저희는 이제 여기 없는 존재가 될 거예요. 그러기 위해 수많은 사람의 도움이 필요했고, 그중 중일의 도움이 가장 컸다고 볼 수 있어요."

"이 구급차를 아주 멋지게 개조할 생각이에요. 누구도 그 전의 흔적을 알아볼 수 없도록 말이에요. 아, 문득 불안한 마음이 든다면 제가 하던 호흡법을 따라 하세요."

그들은 그렇게 말하며 이중일을 다시 한번 꼭 안아주었다. 몇 번이나 고맙다는 말을 반복했다. 그리고 천천히 풀숲 바깥으로 나아갔다. 뭐가 그렇게 재미있는지, 크게 웃고 속 닥거리기를 반복하며. 그렇게 사라졌다. 이중일은 다시 누워 몸을 일으킬 생각도 하지 못한 채 하늘을 멍하니 바라보았다. 새들이 낮게 나는 모양을 한참 보고 있자니 무언가에 완전히 굴복되었다는 생각을 저버릴 수 없었다. 뒤늦게 추위가 엄습했다. 이대로 죽게 되는 걸까. 그런 생각을 하다가도 헛웃음을 지으며 스스로 되뇌었다. 이중일은 죽지 않는다. 그들로부터 영원히 죽지 말라는 지령을 받게 되었으므로. 그것은 활력 있는 형벌과도 같았다.

이중일은 누군가가 자신을 구조하러 온 뒤 어떤 진술을 요구한다면, 그저 자신의 온전한 의지로 차를 내어줬을 뿐이라고 이야기하기로 마음을 먹었다. 왜냐하면 자신은 이제 완벽하게 그들의 편이었기 때문에. 이중일은 천천히 한 손으로 코를 막고 교호호흡을 시도했다. 그런데 호흡의 순서를 까먹었다. 그래서 그냥 코를 막고 숨이 가빠질 때까지 참다가 내뱉기를 반복했다. 차가운 공기가 갑작스럽게 폐 안으로 들어가자 기침이 나왔다. 잠시 뒤에 차 시동을 거는 소리가 들리더니 사이렌이 시끄럽게 울렸다. 그제야 이중일은 그들에게 사이렌을 끄고 켜는 방법에 대해서 알려주지 않았다는 걸 깨달았다. 날카로운 사이렌 소리와 함께 빨간 불빛이 이중일이 누워 있는 풀숲 전체를 물들여놓았다.

너의

나쁜
무리

여사는 쉽게 오염되거나 잃어버리기 쉬운 물건은 아예 들이지조차 말라고 했다. 빳빳한 셔츠와 하얀 이불, 이음새가 헐거운 귀걸이 같은 것들. 그런 것들은 딱히 중요하지도 않은 주제에 사람 마음을 초조하고 불편하게 만든다며 여사는 씩씩거리더니 운전대에 머리를 처박았다. 화장은 전부 지워져 엉망인 데다 머리는 몹시 산발이었다. 나는 지금에 와서야 그 말이 아주 귀감이 되는 말이었음을 인정했다. 하지만 동시에 나와 여사 누구도 그 말을 이제껏 가슴에 새기지 않았다는 것 또한 깨달았다. 그날 월미도에 가자던 중락이 아저씨는 별안간 각자의 차로 따로따로 움직일 것을 제안하며 대신 중간에 휴게소에서 잠깐 쉬자고 했다. 그러나 막상 휴게소에 도착해 우리가 차에서 내렸을 때, 중락이 아저씨는 운전석에서 내리지 않았고 대신 어떤 여자만이 조수석에서 내려 여사의 머리채를 잡았다. 그러고도 분이 풀리지 않았는지 여자는 내게 삿대질을 하며 소리쳤다. 야 야, 너희 할멈 아랫도리가 그렇게 저렴하단다. 그때 여사는 58세, 나는 12세의 나이로 지금 생각해보면 나름대로 새파랗게 젊었다.

아직까지도 내가 그 순간을 떠올리는 이유는 당시 상황이 너무 충격적이어서도 아니고 여사의 아랫도리가 저렴하다는 사실을 알게 되어서 또한 아니다. 그때 나는 중락이 아저씨와 여사가 정말이지 천생연분이라 생각했고 그가 아니라면 누구도 여사를 감당할 수 없을 거라고 확신했다. 중락이 아저씨는 다정했고 사려 깊었으며 어느 때는 몹시 단호해 여사를 어느 정도 휘어잡을 수 있을 만한 대강의 카리스마를 갖춘 사람이었으니까. 나는 빠른 템포의 트로트 메들리를 배경음악 삼아 대거리를 하는 두 여자를 뒤로하고 차 안에서 애써 앞을 주시하는 중락이 아저씨에게 다가갔다. 문을 열려고 했지만 잠겨 있어 까만 차창을 두드릴 수밖에 없었다. 아저씨는 조금 망설이다 창문을 내리고 나를 바라보았다.

“아저씨, 나한테 할 말 없어요?”
“미안하다.”

"그거 말고요. 존나 비겁하시네."

그러자 중락이 아저씨는 정말 솔직하게 평소 자신이 나에게 하고 싶었던 말을 해주었는데 나는 그 말이 진심처럼 느껴져서 미련 없이 돌아섰다. 아저씨는 내게 이렇게 말했다. 여사한테서 도망쳐. 사람 인생이 아주 망가진다고. 어떤 부연도 없었지만, 그간 본 것이 있었기에 단박에 알아들었다. 그렇다면 어쩌다 여사와의 관계가 들통난 게 아닐지도 몰랐다. 그냥 들키길 바랐던 것일 수도 있었다. 그렇게 생각하자 나는 조금 수치스러웠다. 중락이 아저씨를 할아버지라고 부르는 연습을 했던 사실을 그가 알고 있는 것만 같았기 때문이다. 그날 집에 돌아와 여사는 물에 만 밥과 함께 빨간 뚜껑 소주를 두 병 마셨다. 그리고 중락이 아저씨에게 전화를 시도하려다가 나에게 저지당했다. 여사는 법이 미쳐가지고 사랑도 못 하게 막는다며 간통법을 들먹이던 그의 아내 이름을 부르짖었다.

"여사가 아까워."

보다 못해 내가 말했다.

"진짜?"

"그 여자는 앞으로 불행할 거야."

"그래 보여?"

"내 눈에 훤해."

의자에서 일어나 비틀거리며 다가온 여사는 내 눈을 가만히 들여다보았다. 지독한 소주 냄새를 풍기며 환하게 웃더니 고개를 끄덕거렸다. 맞다. 그렇구나. 너는 훤하구나. 사실 밸런타인데이 때 차인 반 친구에게 했던 말과 크게 다르지 않았지만, 여사는 당장 뭔가 나로 인해 감화된 사람처럼 굴었다. 그러면서 이대로 에너지를 다 쓰고 잠에 든 뒤 내일부터는 완전히 새롭게 시작할 거라며 옷을 챙겨 입었다. 그렇게 우리는 새벽 1시에 노래방에 갔다. 여사는 방방 뛰면서 신나는 노래를 부르다 이내는 발라드를 부르고 오열하며 더러운 노래방 의자에 얼굴을 비볐다. 시간이 다 되자 여사는 마이크에 대고 내게 말했다.

"너는 이제 애가 아닌가 봐."

그때부터 여사는 은밀하고 사사로운 일들을 내게 함부로 털어놓았다. 특히 연애 상담 같은 것들. 나는 감히 그간 여사가 해준 이야기들이 거의 '함부로' 나에게 전해졌다고 말하고 싶은데 그 이유는 물론 내가 고통받은 것을 강조하고 싶은 마음도 있다. 하지만 더 중요한 건 더럽고 내밀한 이야기들에는 이상한 중독성이 있어 점점 그런 이야기 없이는 살 수가 없어지고 결국 그 이야기의 생산자가 되며 다른 사람까지 그런 이야기의 세계로 끊임없이 포섭하게 된다는 것이다. 그런 점에서 나는 중락이 아저씨를 생각하지 않을 수 없었다. 과감하게 탈출을 감행하며 최소한의 조언을 던져줬던 그 비겁한 중년 남자의 까만 옆모습이 자꾸만 아까웠다. 암만 생각해봐도 여사의 남친으로는 참 제격이었으니 말이다.

*

　분명히 해두고 싶은 건 나와 여사의 관계기 시종일관 괜찮은 편에 속했다는 것이다. 여사는 나를 아꼈다. 닭발을 좋아하는 나를 위해 시장에서 하얗고 통통한 닭발 1킬로그램을 사 와 직접 무쳐 준 적도 많았다. 시중에서 파는 닭발과는 차원이 달라 어떻게 맛을 냈느냐고 물어본 적이 있었다. 여사는 아주 자랑스러워하며 고추장을 최소로 넣고 다진 마늘을 듬뿍 얹어 살살 비비면 느끼하지 않고 맛있다고, 그런 게 바로 맵싸한 거라고 일러주었다. 여자는 자고로 맵싸해야 해. 알겠지, 유선아? 그런 말도 빼먹지 않았다. 어쨌든 여사는 내가 원하는 건 무엇이든 해주었고, 그게 손이 많이 가는 음식이든 본인 쪽팔리는 일이든 상관하지 않았다.

나는 중학교 1학년 때 처음 사귄 남자친구에게 차였다. 사귄 지 4개월 만이었고 왜 헤어질 결심을 했느냐는 문자메시지에 김승수는 제대로 대답하지 않았다. 그러더니 일주일 만에 다른 반 여자애랑 사귄다는 소문을 듣게 했다. 머지않아 우리 반 여자애들이 나를 위해준답시고 김승수를 둘러싸고 추궁했는데 김승수는 기어드는 목소리로 "사귀지는 않았다"라고 말했다. 그럼 도대체 무슨 사이였느냐는 질문에는 끝내 묵묵부답이었다. 유선이는 뭔데? 갖고 논 거야? 그런 물음에도 별다른 대답을 내놓지 않았다. 나는 맨 앞자리에 앉아 아무 소리도 들리지 않는 척 이어폰을 끼고 허리를 꼿꼿이 세운 채 칠판을 쳐다보았다. 하지만 딱히 노래를 듣고 있지는 않았고 김승수의 대답에 온 신경을 기울였는데 오히려 그런 내 모습에 자존심이 가장 많이 상했다.

도저히 몰래 울 수가 없었다. 아무래도 미련이 남아 김승수에게 문자메시지를 했는데 대뜸 욕이 날아왔기 때문이다. 내 평판 어쩔 건데? 라는 황당한 질문에 그럼 내 평판은? 하고 되물으려다가 알이 부족해 전송에 실패했다. 그럼에도 불구하고 알이 남아도는 김승수는 계속해서 문자메시지를 보내왔다. 나는 반복적으로 울리는 진동을 참지 못하고 휴대전화를 결국 벽에 던져버렸다. 그러자 여사가 방문

을 벌컥 열었고 무슨 일이냐며 우는 나를 이불로 감싸 품에
안아주었다. 그 품이 너무 포근하고 익숙한 나머지 나는 잠
시 여사가 그런 데(어떤 어려운 순간을 함께 헤쳐나가는 것에)
재주가 있는 사람이라고 생각해버렸다. 그래서 김승수에
관한 모든 일을 실토했다.

내 말을 듣자마자 여사는 김승수가 나에게 보낸 문자메
시지들을 남김없이 확인했다. 그 안에는 낯간지럽고 수치
스러운 내용마저 포함되어 있었지만 여사는 그런 것 따위
개의치 않아 보였고 이 문제는 자신이 충분히 해결할 수 있
으니 걱정하지 말라고 했다. 그리고 방의 불을 끈 다음 내
옆에 누워 일정한 간격을 두고 등을 두드려주었다. 내가 잠
들기를 바라는 사람처럼 낮은 목소리로 속삭였다. 우리는
버림받기 전에 먼저 버릴 줄 알아야 해. 나는 당연히 여사
가 나의 부모에 대한 이야기를 한다고 확신했다. 내가 부모
에게서 버림받았다고 생각하듯 여사 또한 자신이 나의 부
모로부터 버림받았다고 생각했으니까.

캐나다 영주권을 얻은 다음 나와 여사를 데리러 오겠
다던 부모는 돌아오지 않았고 연락도 거의 되지 않았다. 내
가 다섯 살 무렵까지는 종종 국제전화를 걸어오기도 했는
데 시차와 요금 핑계를 대며 연락이 점점 뜸해지더니 종국

에는 아예 끊어버렸다고 했다. 이 대목에서 내가 여사에게 의아했던 점은 여사가 어른치고 아이에게 늘 지나치게 솔직했다는 것이다. 여사는 나의 치부가 될 만한 일들을 일상적인 대화 속에서 아무렇지 않게 늘어놓으며 그게 나의 핵심이고 역사이며 주제임을 의도적으로 일렀다. 그래서인지 그런 일들이 나의 마음에 그렇게까지 큰 슬픔이나 역린 따위로 자리 잡지는 않았다. 다만 세상에는 그런 같잖은 어른이 대부분이라는 걸 충분히 인지하게 되었을 뿐이다.

여사의 위로를 받으며 겨우 잠이 들었다가 이튿날 등교했는데 김승수가 학교에 나오지를 않았다. 괜히 마음이 불안해져 반장이 휴대전화를 걸어 가기 전에 그와 주고받은 문자메시지를 확인했다. 김승수가 보낸 마지막 문자메시지는 '알았어' 한 문장이었다. 나는 알이 없어서 어떤 문자메시지도 보내지 못했는데 뭘 알았다는 것일까. 무슨 일이 일어난 게 분명했다. 하지만 김승수는 1교시 시작 직전에 뒷문으로 들어와 나에게는 눈길도 주지 않은 채 자리에 앉아 교과서를 펼쳤다.

김승수는 점심시간에 나를 찾아와 조용히 이야기를 나누고 싶다고 했다. 나는 알겠다고 말한 뒤 아무도 없는 곳을 찾았는데 김승수는 그런 나를 조금 두려워하는 것 같았다. 그러면서 구령대로 가자고 했다. 우리는 구령대에 앉아 한참 침묵을 지켰고, 이내 김승수가 미안하다는 말을 꺼냈다. 쌍욕을 해서 미안하고 거짓말을 해서 미안하고 여자를 함부로 대해서 미안하고 사람 구실을 못해서 미안하고 개새끼라 미안하고 쓸모도 없는 새끼라 미안하다고 큼큼 울었다. 무릎을 꿇으려 하기에 만류하며 혹시 내 번호로 무슨 문자메시지를 받았느냐고 물었다. 김승수는 고개를 저었다.

"아무것도 못 받았어."

"진짜야?"

"어."

"그럼 용서 안 해도 돼?"

"유선아, 제발."

"보여줘, 문자메시지."

마지못해 김승수가 문자메시지를 보여주었다. 평판은 언제든지 좋아질 수 있어. 같이 의논해보자. 11시까지 소망슈퍼 앞으로. 나는 그 내용이 조금 웃겼는데 진짜 김승수가 평판을 중요시했다는 사실이 웃겼고 여사가 아마도 김승수를 존나게 팼을 거라는 사실이 웃겼다. 나는 이 내막을 내가 안다는 사실을 여사에게 한 번도 말하지 않았다. 왜냐하면 여사는 그런 일에 지나치게 으스대는 경향이 있었기 때문이다.

*

언젠가부터 나와 여사는 서로의 애인에 대해 이야기하는 것을 더욱 주저하지 않게 되었다. 나는 김승수와 헤어지고 나서 몇 명의 남자친구를 더 사귀었다. 그러면서 여사가 자신의 은밀하고 사사로운 이야기들을 털어놓을 때면 나 또한 내밀한 무엇을 고백하고 싶은 마음에 사로잡혔다. 아무래도 김승수와의 일을 털어놓고 나서 느낀 후련한 마음이 여사에게 이런 것쯤은 이야기해도 된다고 부추긴 것 같았다. 하지만 그다지 심각하다고 생각할 만한 관계는 없었다. 여사와는 다르게.

내가 고등학교를 졸업할 때까지 여사가 사귀었던 사람은 두세 명 되었다. 그러나 정말로 연애다운 연애를 했던 사람, 깨지고 붙고를 반복하면서도 종국에는 서로가 없으면 못 살 것처럼 보였던 이는 단 한 명이었다.

현구 아저씨는 오십대 초반에 일찍이 희망퇴직을 하고 퇴직금으로 주식을 하며 근근이 생활을 유지했다. 어쩌다 크게 한번 미끄러진 이후로는 손실에 대한 두려움이 커져 투자 금액의 상당 부분을 매도한 뒤 중장비 면허를 따기 위해 학원을 다니기 시작했다. 그러던 중 여사를 만나게 되었다. 여사와 현구 아저씨가 만난 곳은 다름 아닌 경마장. 당시 경마장 안에 있는 푸드코트에서 일하던 여사는 손이 빠르고 입담이 좋아 직원과 손님 모두에게 인기가 좋았다. 그래서 즉석에서 달걀물을 입혀 토스트를 구워내 착착 담아 손님에게 건네는 일을 도맡았다. 여사는 수완이 좋았다. 성미가 급해 짜증을 내는 사람에게는 아양을 떨었고 진상을 부리는 사람에게는 윽박을 질러가며 좌중을 압도했다. 여사 때문에 토스트 먹으러 온다는 손님들이 쏟아질 무렵, 현구 아저씨는 학원 사람과 함께 난생처음 놀러 간 경마장에서 여사를 만나게 된 것이다.

미리 밝혀두고 싶은 점은 이 이야기가 지극히 여사의 주관적인 입장이라는 것이다. 나로서는 여사가 떠벌린 모든 말이 진짜인지 아닌지 알 도리가 없을뿐더러 굳이 확인하고 싶지도 않았다. 중요한 건 그때부터 현구 아저씨가 틈만 나면 경마장에 와서 토스트를 사 먹었다는 것이고, 은근슬쩍 명함을 건네주었다는 것이다. 현구 아저씨가 5년 전에 그만둔 그 번듯한 회사의 명함을 건네던 날, 여사가 나에게 어찌나 자랑을 해댔던지. 환갑이 넘어 대기업 다니는 남자를 만나게 생겼다고 말이다.

명함의 진실을 알게 된 여사가 배신감에 치를 떨었을 거라고 생각할 수도 있겠지만, 여사는 그러지 않았다. 생각보다 괜찮았던 이유는 여사가 이미 자기 사람이라고 단정 지어버린 이들 앞에서는 눈을 질끈 감아버리는 경향이 있었기 때문이다. 그 사람이 무슨 짓을 하든 일단 안타깝고 가여운 쪽으로만 생각하려 했고, 그래서인지 현구 아저씨가 회사를 그만둔 지 오래라고 실토했을 때 여사는 도리어 이른 나이에 퇴직을 결정하고 인생의 2막을 시작하려는 모습이 대견하다고 했다. 다행인 점은 현구 아저씨가 나름대로 성실하고 계획적인 사람이었다는 것이다. 그는 목표한 대로 굴착기운전기능사 시험에 합격한 뒤 청주에서 친구가 운영하는 장비 대여 업체에 취직했다. 친구는 3년만 일하면 금방 장비에 대한 지식을 쌓을 거라면서 원한다면 연습도 시켜주겠다고 했다.

서울과 청주를 오가던 현구 아저씨는 점점 우리 집에서 생활하는 날이 많아졌다. 밤늦게 오느라 피곤할 법한데도 그런 기색 하나 없이 늘 값비싼 과일 같은 것들을 잘도 사다 주었다. 한창 공부할 때인 나를 위해 그런 것쯤은 해주는 것이 당연하다고 했다. 그때는 뭔가 보통의 돌봄을 받고 있다는 생각에 내심 기분이 좋았다. 그래서 현구 아저씨가 오기 두 시간 전부터 정말 공부를 하기 시작했다. 노래를 들으며 책상 앞에 앉아 문제를 풀고 있으면 퇴근한 현구 아저씨가 슬며시 문을 열고 들여다보았는데 나는 안 그런 척하면서도 그 상황을 아주 좋아했다. 동시에 현구 아저씨가 언제든 우리를 떠날 수 있다는 생각에 불안해했다.

여사는 연인 관계에 있어 상대가 자기보다 우위를 점하고 있다고 생각할 때 극도로 신경질적이 되었다. 안타깝게도 누군가와 관계에 있어 여사가 우위를 점했던 적은 단 한 번도 없었다. 여사는 지나치게 자신을 과소평가했고 어딘지 모르게 침체된 사람이었기 때문에 늘 상대를 의심했고 스스로를 폄하했다. 언젠가 나와 여사, 현구 아저씨가 함께 둘러앉아 고스톱을 치고 있을 때였다. 현구 아저씨가 흑싸리 한 장만 나오면 고도리인 판이었고 여사는 착실히 피를 모아 막 1점을 놓은 상태였다. 여사가 현구 아저씨에게 물었다.

“고 하면 개평 줄 거야?”

“줄 거면 유선이한테 줘야지. 당신한테 왜 주겠어.”

“왜 나한테는 안 주는데?”

“아쉬울 게 없잖아. 거기 흑싸리가 있을 수도 있고.”

“되게 따지네, 재수 없게. 밥맛없다. 그치, 유선아?”

“나는 피박이니까 개평 받으면 좋은데.”

내가 볼멘소리로 말하자 현구 아저씨가 웃으면서 내 머리를 쓰다듬었고 여사는 새우깡 몇 개를 집어 먹더니 연거푸 소주를 들이켰다. 그때부터 나는 마음을 졸이기 시작했고 영문을 모르는 현구 아저씨는 자꾸 여사를 약 올리다가 결국 자기 차례에 가지고 있던 흑싸리를 내밀었다. 얼굴이 벌게진 여사가 현구 아저씨의 뺨을 내리치고 담요를 뒤엎었다. 빨간 화투짝들이 사방으로 날아가고 아저씨는 어리둥절한 얼굴로 여사와 나를 번갈아 쳐다보았다. 여사는 아랑곳하지 않고 현구 아저씨를 발로 걷어찼다. 아저씨를 포함해 남들이 보기에는 아주 의아한 상황이었지만 나에게는 흔했다.

마지막은 여사가 무릎을 꿇은 채 사죄하는 것으로 끝이 났지만, 나는 그것이 시작임을 알고 있었다. 중락이 아저씨 때도 같은 패턴이었으니까. 그날 내가 화장실에서 이를 닦고 있을 때 현구 아저씨가 들어와 칫솔에 치약을 짜고 슬며시 문을 닫았다. 여사는 안방에서 머리를 말리고 있었다.

"알고 있어?"

"네?"

"아까 할머니가 왜 그랬는지."

"아저씨는 왜 그런 것 같은데요?"

현구 아저씨는 잠시 생각하더니 대답했다. 흑싸리 있으면서 없는 척해서? 나는 그 순간 눈을 감고 앞으로 펼쳐질 안타까운 일들에 대해 잠시 상상했다. 여사가 관계에 있어서 행하는 나름의 셈법을 자세히 알려주고픈 마음도 분명 있었다. 하지만 그 얘기를 하는 것이 오히려 현구 아저씨에게는 황당할 수 있겠다는 생각이 들었다. 어떤 할머니가 자기 말고 손주에게 개평을 준다고 질투하며, 아쉬울 게 없어 보인다는 말을 자신의 존재 가치를 부정하는 것으로 알아듣는단 말인가. 고작 고스톱에…… 나이도 먹을 만큼 먹은 사람이……. 결국 나는 어깨를 으쓱해 보이고는 서둘러 이를 닦고 화장실을 나왔다. 어찌어찌 정을 주다가 결국 어떻게 손도 쓸 수 없을 때에야 사정을 헤아릴 수 있게 되는 것이 나와 여사에게는 차라리 바람직했다.

*

내가 이해신을 좋아한다는 걸 제일 처음 안 사람은 바로 현구 아저씨였다. 시답잖은 연애를 반복하는 게 슬슬 지겨워질 무렵, 특별활동 시간을 채우기 위해 시사탐구반에 들어갔는데 거기 회장이 바로 이해신이었다. 입시 논술에 관심이 생겨서 급작스럽게 들어간 동아리는 생각보다 신경 쓸 일이 많았다. 일주일에 한 번씩은 주제와 관련된 글을 써내야 했고 토론 시간에 무슨 말이라도 하려면 주제와 관련된 기사 따위를 대충이라도 스크랩해 가야 했다. 하지만 시종일관 열띤 분위기 자체는 나쁘지 않았다. 어느 순간부터 내가 신문을 사 읽기 시작하자 여사는 아주 놀라면서도 기쁜 티를 냈다.

그즈음부터 내가 집에서 틈만 나면 이해신에 대한 불평을 늘어놓았던 것 같다. 잘난 척이 심하다는 둥, 너무 사람을 몰아세운다는 둥……. 내가 그런 이야기를 꺼내면 현구 아저씨와 여사는 서로 눈짓을 주고받다가 은근히 물어보았다.

"왜, 이해신이 너한테 뭐라고 하는데?"

"나한테는 별말 안 해. 근데 너무 어려운 단어만 일부러 골라서 해댄다는 거지."

실제로 이해신과 나는 그때까지 말도 몇 마디 섞어본 적 없는 사이였다. 여사는 나중에 재미있는 친구일 것 같다며 이해신을 꼭 우리 집으로 초대하라고 했다. 나는 전혀 그럴 생각이 없다며 펄쩍 뛰었지만, 내심 기분이 나쁘지 않았다. 그날 이후로 뭔가 이상하게 이해신이 더 신경 쓰였고 식탁 앞에 나와 여사, 아저씨와 이해신, 이렇게 넷이 둘러앉아 있는 상상을 종종 하게 되었다.

그래서 걔가 토론 대회를 함께 나갈 사람을 구한다고 했을 때 주저 없이 손을 들었던 것 같다. 나는 동아리에서 전혀 두각을 나타내는 편이 아니었다. 그래서 이해신이 별로 좋아하지 않을 거라고 생각했지만, 예상외로 그는 흔쾌히 함께하자며 대회 포스터를 내밀었다. 그때부터 나와 이해신은 일과가 끝나면 틈틈이 동아리실에서 만나 대회 준비를 했다.

찬성과 반대 중 어떤 역할을 맡을지 모르므로 예상 질문을 취합하여 모든 경우에 대비해 주장과 근거, 예시 및 반박 자료를 만들어야 했다. 이해신은 각종 대회 수상 경력을 통해 수시 전형으로 서울 중상위권 대학에 입학하고 싶어 했다. 그러기 위해 상대적으로 내신을 따기 쉬운 우리 학교에 들어왔다는 말도 했다. 우리는 문자메시지를 자주 하게 되면서 언제부턴가 밤마다 자기 전에는 꼭 통화하는 사이가 되었고, 이해신은 이런 경험이 난생처음이라고 슬며시 고백했다.

여사의 말에 따르면 이해신은 나를 좋아하지만 목표지향적인 아이라서 얼마 가지 않아 연애라는 것을 제 인생의 방해물 정도로 여기고 자연히 나 또한 그런 취급을 할 거라고 했다. 현구 아저씨는 아직 사귀지도 않는데 왜 벌써 기를 죽이느냐고 했다. 하지만 사는 동안 쉬지 않고 남자들과 연애를 이어온 여사의 말을 아예 부정할 수는 없는 노릇이었다. 게다가 이해신은 정말 그런 식의 말을 자주 했다. 앞으로 자신이 이루어낼 일의 전망과 그로 인해 드높아질 스스로의 가치 같은 것들에 대해서. 정말이지 나는 그때까지 나의 전망과 가치를 스스로 진단해본 적이 한 번도 없었다. 언젠가는 동아리실에서 조심스럽게 이해신에게 물었다.

"정말 원하는 대로 그렇게 될까?"

"나는 원하는 대로 되려는 게 아니야."

"그러면?"

"최소한으로라도 살기 위해서는 최대한으로 노력해야 하는 거야."

"그냥 살아도 살아지던데."

"서브프라임 모기지 사태 알지. 은행만 믿고 집 산 미국 사람들, 다 망했어. 주제를 모르면 그렇게 되는 거야. 아무도 구제해주지 않는다고."

사실 나는 구체적인 내용을 잘 몰랐지만 그냥 고개를 끄덕이고 말았다. 당시 내게 중요한 건 이해신과 당장 사귀고 손이라도 잡아보는 거였고 미국 경제, 국내 정치 같은 것들에 대해선 이미 관심이 사라진 지 오래였다.

"그럼 우리가 우리를 구제해야겠네."

내가 말했을 때, 이해신은 자신의 가슴 깊이 숨겨놓았던 가정사를 털어놓았다. 엄마가 어쩌고 아빠가 저쩌고, 결론은 이혼했단 거였고 엄마의 기대에 부응하기 위해 멋진 아들이 되겠다는 것이었다. 너에게는 치부를 드러내도 될 것 같은 마음이 들어. 이해신이 그렇게 말했을 때 나는 오늘이 우리 사이에 아주 중요한 날이 될 것임을 알았고 그는 정말 이제는 모든 걸 허락하겠다는 듯, 다소곳이 두 손을 포개고 눈을 감았다. 마치 자신의 입술을 희사하겠다는 사람처럼.

*

개가 뭐가 그렇게 좋아? 여사가 물었을 때 나는 고민조차 하지 않고 대답했다. 똑똑해. 그러자 현구 아저씨가 다른 점은 없느냐고 물어보았다. 대충 없다고 생각했지만, 사실 다른 점도 분명 있었다. 나를 다른 곳으로 데려가줄 수 있을 것만 같은 애였다, 이해신은. 그곳이 어떤 곳이라고 분명하게 말할 수는 없지만, 대충 느낌으로 이야기해보자면…… 조금 더 어른스럽고 규칙 같은 것이 그나마 존재하며 내가 아무렇게나 살면 안 될 것 같은 기분이 들게끔 하는…… 어느 정도 보통의 인간으로 존재하라는 압박이 주어지는 그런 세계. 사실 그즈음 여사와 현구 아저씨의 관계는 몹시 위태로워 보였다.

언젠가부터 현구 아저씨가 오지 않을 때면 여사는 밖에서 술을 먹고 들어오는 날이 잦았고 그럴 때마다 매번 같은 남자에게 부축을 받았다. 그것은 모르려야 모를 수가 없는 여사의 또 한 가지 패턴이었다. 어떤 관계가 기울어져간다고 느낄 때 여사는 자꾸 다른 사람을 찾았다. 몸을 가누지 못할 만큼 술을 마시고 들어왔고 그 와중에 다른 남자와 있는 걸 내게 들켜도 부끄러워하지 않았다. 여사를 들쳐 업고 들어와 간신히 이불 위에 눕힌 남자는 화장실에 들어가 한참을 있다 나왔다. 문을 여는데 담배 냄새가 심하게 났다.

술을 마셔서 그런지 눈알이 노란 남자는 식탁에서 라면을 먹던 나를 빤히 바라보더니 픽 웃었다. 그리고 내 앞에 앉아 외투 안주머니에서 꺼낸 만 원을 내밀었다.

“됐어요.”

“딸이야?”

“아뇨.”

"그렇지? 자기 혼자랬는데."

"가세요."

"너 좀 웃긴다, 야."

좀처럼 가지 않고 이름이며 나이 따위를 캐묻던 남자는 내가 젓가락을 내려놓자 다 먹은 거냐고 묻더니 내 대답을 듣지도 않고 냄비를 가져가 통째로 들이켜기 시작했다. 순식간에 국물을 다 비운 남자는 다시 외투 안주머니에 손을 넣어 5000원을 더 꺼내 식탁 위에 올려놨다.

"아저씨는 말이야."

"네."

"여자는 다 애인 아니면 딸 같아."

"네?"

"소중하다는 거지."

"아저씨 엄마는요?"

"뭐?"

"선생은요? 은행 직원은요? 살인자는요?"

"막 나가네."

"와이프는 있어요?"

그러자 남자가 자리에서 벌떡 일어났다. 그 순간 여사가 방문을 열고 고개를 빼꼼 내밀었다. 자다 깬 것처럼 몽

롱한 얼굴이었다. 어떤 위험도 감지하지 못한 늙은 얼굴을 보자 무력감이 솟구쳤다. 남자는 여사에게 좀 더 자라는 말을 건넨 뒤 서둘러 집을 나갔다. 여사는 그러고도 한참을 그렇게 문 앞에 앉아 있다가 비척거리며 일어나 냉장고에서 물을 꺼내 마셨다.

"저 남자는 누구야?"

"친구."

"친구 누구."

"말하면, 알아?"

"현구 아저씨는 왜 요즘 안 보이는데."

"너랑 상관없잖아."

"왜 상관이 없어?"

지금껏 여사의 애인이라는 이유로 나와 모종의 관계를 맺었던 여러 아저씨의 얼굴을 떠올렸다. 어떤 아저씨는 내게 잘 대해주었고 다정했으며 어떤 아저씨는 쌀쌀맞고 퉁명스럽기도 했다. 그렇기에 그건 나와 전혀 상관없는 문제가 아니었다. 오히려 여사보다 나에게 더 중대한 문제라고 할 수 있었다. 여사의 애정 전선. 그 모호하고 종잡을 수 없는 상황에 따라 내게는 한 치 앞의 미래가 잠시 보일 듯하다가도 단숨에 사라지고야 말았으니까.

"할머니."

"할머니라고 하지 말랬지."

"내가 아주 어렸을 적부터 여사가 했던 말 기억나?"

"뭐?"

"함부로 다리 벌리지 말라고."

"기억나지."

"근데 왜 여사는 그렇게 살아?"

왜 맨날 다리를 벌리느냐고. 나는 이 말을 하면서도 스스로 뭔가 잘못된 줄을 알아서 몸이 발발 떨렸다. 그런데 여사는 침착했다. 대신 냉장고에 등을 기대더니 미끄러지듯이 주저앉았다. 나는 우리가 허물없는 사이길 바랐지만, 아주 속에 있는 것까지 내보이는 사이가 되고 싶지는 않았다. 그러기에 우리는 너무 잘 살지 못했으니까. 하지만 여사는 끝까지 나에게 솔직한 사람이었으므로 웃으며 이렇게 대답했다.

"나는 그러지 않고 살기가 힘들어. 너는 그러지 않고도 살 수 있으면 좋겠고."

여사는 사실 현구 아저씨가 며칠 전부터 연락이 되지 않는다고 했다. 일하는 곳의 사장이 운영하던 매장을 정리하면서 장비들을 싸게 처분하겠다며 현구 아저씨에게 대형 굴착기 한 대를 싼값에 사지 않겠느냐고 제의했다는 것이다. 둘은 워낙 오래 알고 지낸 친구 사이였고 좋은 값에 판매하겠다는 사장의 말에 현구 아저씨는 무리해서 돈을 끌어모았다. 그렇게 여사에게도 손을 벌리게 된 것이다.

장비를 가지고 시작하는 것과 아무것도 없이 시작하는 것은 천지 차이고 자기 소유의 굴착기가 있어야 일도 잘 시켜준다며 여사를 설득한 현구 아저씨는 10부 이자까지 약속했다. 결국 여사는 예금 통장을 해지한 뒤 돈을 보냈다. 그길로 차를 몰고 청주로 간 현구 아저씨는 여태껏 돌아오지 않았다. 나 또한 현구 아저씨에게 전화를 해보았지만 휴대전화가 꺼져 있었다. 차용증 같은 건 썼어? 내가 묻자 여사가 황당해하며 말했다. 사랑하는 사이에 그런 걸 누가 쓰냐고.

*

내가 여사와 우리가 되기 위해 애썼던 시절들을 떠올리고 있자면 마음이 아프다. 우리가 되기 위해 서로를 받아들이려 노력했고 그게 잘되지 않으면 그건 나의 문제라고 여겼던 것 같다. 그렇다면 여사는 어땠을까? 12세의 나를 더 이상 애가 아니라고 여겼던 여사는 내가 성장함으로 점점 더 우리가 되었다고 여기게 되었을까? 그건 아닐 거다. 여사는 나 또한 그저 그런 남자들처럼 언젠가 떠나게 될 거라고 단정 짓고 있었다. 내가 여사를 떠나게 된 건 오히려 여사의 그런 확신 때문이었다. 내가 있으면 언제나 여사가 그런 불안에 시달릴 거라는 확신. 여사 안에는 아주 오래된 사시나무가 있었다. 나는 정말이지 그 나무가 너무도 쉽게 흔들리고 마는 꼴이 보기가 싫었다.

토론 대회 전날, 이해신이 우리 집에서 밤늦게까지 대회 준비를 하다 가기로 했다. 아침부터 여사에게 약속을 상기시킨 뒤 등교했지만, 학교가 끝난 후 이해신과 집에 돌아왔을 때 여사는 수면제를 복용한 채 잠들어 있었다. 일단 어른에게 인사를 해야 한다는 이해신을 억지로 끌고 내 방에 들어왔다. 여사가 아프다고 대충 둘러대고 준비한 자료들을 방바닥에 늘어놓았다. 그러자 이해신도 가방에서 두꺼운 서류철을 꺼냈다. 이미 한미 FTA나 인터넷 실명제, CCTV, 원자력 에너지 등 주제에 맞는 대본을 정리해놨기 때문에 처음에는 둘 다 토론 연습을 하는 데 초점을 맞췄다.

그러다 나와 이해신은 여느 때처럼 입맞춤을 했다.

5초, 10초 간격으로 이어지던 입맞춤은 점점 길어졌고 오랜 토론 연습 후 짤막하게 쉬는 시간을 가지자던 우리의 약속은 이미 무산된 지 오래였다. 나는 조금 더 용기를 내어보고 싶었고, 그래서 이해신의 귀를 살짝 깨물었다. 이해신은 무척 놀라면서 움츠러들었다.

"왜 그래?"

"안 될 것 같은데."

"뭐가?"

"이러면 안 된다고."

"왜?"

"학생이잖아."

화가 났다. 다리를 벌리지 않고는 살 수가 없다는 여사의 말이 생각나서. 왜 나는 그러지 않고도 살아가길 바라는지 이해할 수 없었다. 그 삶을 물려주기 싫다면 그렇게 살아선 안 되는 거 아닌가? 나는 여사처럼 살 거다. 아주 많은 사람에게 마음 주고 몸 주고 절절매며 그게 사랑이라고 생각하며 평생을 살아갈 테다. 그러다 진심으로 그런 생각도 했다. 나쁘지 않은데……?

휴대전화 진동이 짧게 울리다 끊겼다. 막 이해신이 웃통을 벗던 상황이라 확인하기가 좀 그랬다. 그런데 또 진동이 울리기에 느낌이 좋지 않아 휴대전화를 확인했더니 현구 아저씨였다. 주소 하나만 적힌 단순한 문자메시지는 어딘지 모르게 다급해 보였다. 내가 한참 휴대전화를 바라보고 있자 이해신이 무슨 일인지 물었고 나는 이 상황을 감당하기 어려워 결국 대략적인 정황을 그에게 말해주었다.

여사와 여사의 애인, 그 사이의 채무와 갑작스럽게 날아온 문자메시지의 상관관계에 대해서. 나는 이해신이 이 모든 이야기를 듣고 나와의 관계에서 발을 빼고 싶어 할까 두려웠다. 그런데 이해신은 담담하게 말했다.

"거기에 가면 돈을 받을 수 있다는 뜻이네."

자리에서 일어나 옷을 입은 이해신은 손을 뻗어 나를 일으켜주었다. 거실로 나가 여사가 잠든 방 앞에 서서 잠시 숨을 고르더니 문을 두드렸다. 어떤 기척도 들리지 않자 결국에는 문을 벌컥 열었고 아니나 다를까 여사는 침대 위에서 이불을 둘둘 말고 코까지 골며 자고 있었다. 몇 번을 불러도 여사가 일어나지 않자 이해신은 여사의 뺨을 살짝 때렸다. 그제야 여사가 정신을 차렸고, 이해신은 다급하게 소리쳤다.

"현구 아저씨가 있는 곳을 알았어요."

벌떡 일어난 여사가 주변을 두리번거리더니 나와 이

해신을 번갈아 바라보았다. 나는 현구 아저씨가 보낸 문자 메시지 내용을 여사의 얼굴 앞에 들이밀었다. 그제야 상황이 파악된 것 같았다. 여사는 옷을 주섬주섬 입더니 방 안의 서랍이란 서랍을 죄다 열어 뭔가를 찾기 시작했다. 방이 아주 난장판이 되고 나서야 찾아낸 것은 다름 아닌 차 키였다. 사실 여사에게는 구매한 지 13년이 넘은 모닝이 있었는데, 운전하지 않은 지는 3년이 더 되어갔다. 이따금 시동을 켜줘야 한다며 현구 아저씨가 그 낡은 모닝으로 드라이브 정도만 했던 것 같다. 정말 타고 싶지 않았지만…… 그렇다고 밤늦은 시간에 청주까지 버스를 타고 갈 수는 없었고, 택시를 타자고 할 수도 없는 노릇이었다. 결국에 나도 간단한 채비를 했고 이해신도 집으로 돌아가기 위해 짐을 쌌다.

"대회 준비 못 해서 어떡해?"

"다음에 하면 되지. 더 급하잖아."

"미안해."

"괜찮아."

생각보다 야박하지 않은 이해신의 태도에 감동을 받았다. 그런 우리를 지켜보던 여사가 시큰둥하게 말했다.

"차에서 연습하면 되잖아."

"네?"

"넌 안 갈 거야?"

"저요?"

"너 얘 남친 아냐?"

이해신이 나를 슬그머니 바라보았다. 말려주기를 바라는 눈치였다. 그런데 나도 나름대로 입장이 있으니까. 내 입장을 말하자면, 여사가 그렇게 물어보았을 때 이해신이 당연히 맞다고 대답해주기를 바랐다. 하지만 우물쭈물하면서 제대로 대답하지 않는 모습을 보자 부아가 치밀었고 그 애가 나를 위해 어느 정도까지는 하지 않아도 될 일을 하는 사람이었으면 좋겠다는 생각이 들었다. 나는 여사의 등 뒤에 숨어 이해신의 대답을 기다렸다. 이해신은 결국 잔뜩 주눅이 든 채로 내 남친이 맞다며 고개를 끄덕였고 여사는 말했다. 그럼 따라와.

"근데 아빠한테 혼날 것 같은데요."

"아빠가 중요해?"

"중요하긴 하죠."

"너 그건 알아야 돼."

"뭐를요?"

"지금 하는 사랑이 바로 네가 미래에 할 사랑이야."

마치 이해신에 대해서 다 알고 있는 사람처럼, 여사는

그렇게 말했다. 이해신은 순식간에 쪼그라들었고 나는 처음으로 이해신이 지금의 스스로를 탐탁지 않게 여긴다는 걸 알 수 있었다. 여사는 한 번 더 이해신을 안심시켰다. 대회는 갈 수 있어. 내가 그렇게 만들 거야. 이해신이 반쯤 포기한 얼굴로 고개를 끄덕였다. 그렇게 우리는 다 같이 주차장으로 향했다.

*

여사는 운전하는 내내 상향등과 하향등을 조종할 줄 몰라서 상향등을 켜고 갔다. 뒷자리에 앉은 이해신에게는 자꾸 말을 걸었다. 나는 그게 부끄러워서 상황을 중재시키려고 노력했지만, 이상하게 이해신은 여사와의 대화를 재미있어하는 것 같았다. 그는 여사와 내가 어딘지 좀 닮은 구석이 있다고도 했다. 내가 발끈하자 여사는 발끈하는 나를 보고 발끈했다. 여사는 안 그래도 요즘 몸 상태가 좋지 않아서 내일 있을 대회에 함께 가지 못할 것 같아 아쉬웠는데, 이참에 자기 앞에서 연습을 해보라고 했다. 그러자 이해신이 정말 의아하다는 듯한 목소리로 물었다.

"우리 내일 갈 수 있기는 한 거예요?"

"그럼 뭐, 내가 너희를 지금 납치라도 하는 줄 아니?"

무언가에 대해 곰곰 생각하던 이해신이 중얼거렸다.

"솔직히 망한 거 같아요."

나는 그 애로부터 그런 식의 말은 처음 들었기에 몹시 놀랐다. 이해신은 언젠가부터 무엇을 주장하고 반박하고 이의를 제기하는 과정이 와닿지 않게 되었다고 했다. 나는 슬쩍 이해신의 말에 수긍했다.

"맞아. 조금 유치하게 느껴져."

"왜?"

"입장을 연기하는 느낌이랄까. 솔직히 나는 되게 혼란스러운데."

여사가 웃음을 터트렸다. 그리고 원래 사는 게 연기에 가까운 거라고 일러주었다. 연기를 잘하는 사람이 사랑도 듬뿍 받으며 살아갈 수 있는 거라고. 여사는 자신이 연기를 아주 지독하게 못하는 사람이고 그래서 매번 사는 것이 어렵기만 하다고 털어놓았다.

"그러니까 너희는 말이야. 지금 혼란스럽다는 것을 들켜서는 안 돼."

"모든 사람이 그런 걸 숨긴 채 살아야 하는 거야?"

"그렇지."

“왜?”

“약해 보이지 않기 위해서.”

정면을 응시하며 양손으로 핸들을 붙잡고 있는 여사가 왠지 고요해 보였다. 뒷좌석에 앉은 이해신은 아무 말도 하지 않았고 나는 그런 말을 서슴없이 해대는 여사가 너무나도 미웠다. 나와 여사는 아무래도 혼란스럽기 그지없고 약해빠진 사람들인데. 아무리 그렇지 않은 척을 해도 그렇게 보일 수밖에 없는 사람들일 뿐인데.

“나는 그냥 나약한 사람 할래. 존나 나약한데 나약한 줄은 아는 사람.”

“그래서 맨날 빌빌거리고 남한테 애정이나 구걸하는 사람이 될 거야?”

“응, 그래서 남자 많이 만날 거야.”

“술도 많이 먹고.”

“그럼, 꼭 자기 같은 손주랑 살면서 말이야.”

내 말을 끝으로 우리는 한참 동안 침묵을 유지했다. 여사의 차는 멀미가 날 정도로 빠르게 달렸고 이해신은 슬며시 보조 손잡이를 잡았다. 결국 우리는 한 시간 반도 채 걸리지 않아 청주에 도착했다. 현구 아저씨가 주소를 알려준 곳은 시내의 어느 주택가였고 우리는 골목을 한참이나 헤

맨 끝에 목적지에 다다랐다. 빌라나 아파트보다는 붉은 벽돌로 지어진 주택들이 다닥다닥 붙어 있는 곳이었다. 오래된 단층짜리 단독주택 앞에 차를 세운 여사는 지번을 확인해보니 이 집이 맞는 것 같다고 했다.

나와 여사, 이해신은 대문 앞에서 한참을 망설이다 현구 아저씨에게 전화를 걸어보았는데 역시나 받지 않았다. 눈앞의 집이 더욱 수상하게 느껴졌다. 새벽 1시경, 주변에 가로등 하나 없었고 어깨가 떨릴 만큼 춥고 무서웠지만…… 결국 나는 초인종을 누르고야 말았다. 고심 끝에 누른 초인종이었는데 아무런 반응이 없었다. 이헤신은 그제야 용기를 얻었는지 여러 번 벨을 누르고 문도 두드렸다. 그러자 어둠 속에서 속삭이는 목소리가 들렸다.

"여사?"

"현구?"

현구 아저씨는 우리에게 다른 일행이 없다는 것을 몇 번이고 확인한 끝에 문을 열어주었다. 여사는 현구 아저씨를 마주하자마자 가슴을 강하게 내리쳤고 현구 아저씨는 뒤로 밀려날 정도로 큰 타격을 받은 것 같았지만 신음만 흘릴 뿐 아무 말도 하지 않았다.

"어떻게 된 거예요?"

"네가 해신이냐?"

이해신과 악수를 나눈 현구 아저씨는 금세 심각한 얼굴이 되어 우리에게 그간 있었던 일을 털어놓았다. 현구 아저씨에게 굴착기를 판매하겠다던 사장은 아예 가게를 다른 사람에게 넘겨주고 잠적해버렸다. 현구 아저씨는 직접 가게로 가서 구매하기로 한 굴착기를 가져오려고 했지만, 새로운 사장에게 저지당했다. 오랜 친구인 사장의 배신이 믿기지 않았던 현구 아저씨는 결국 기억을 더듬어 고등학교 시절 사장이 살던 집에 찾아와본 것이었다.

"그래서, 찾았어?"

"찾았지."

잘 관리된 작은 정원을 지나 조용히 현관문을 연 현구 아저씨는 손전등으로 어느 한 곳을 비추었다. 나와 이해신은 그 자리에서 얼어붙은 채로 현구 아저씨가 비추고 있는 쪽을 가만히 바라보았다. 사장은 식탁 다리에 청테이프로 칭칭 감겨 있었다. 여사는 한숨을 푹 쉬었다. 어쩌려고 그랬어. 그럼 어떡하라고 나보고. 그런 대화들이 어른들 사이에 오갔다. 여사가 휴대전화를 열어 112를 눌렀다. 그 순간 나는 그래서는 안 된다는 생각이 들었다. 정확하게는 그건…… 우리의 방식이 아닐 거라는 생각. 누구도 우리의 계획과 침입을 지지해주지 않을 거고 최악의 경우에는 그저 침입자 무리에 불과해질 거라는 초라한 상상에 불현듯 다른 방법이 떠올랐다. 나는 여사의 휴대전화를 뺏어 허름한 검정 소파 위에 던져버렸다.

"유선아, 어떡하려고."

거실에 있는 모든 서랍을 뒤졌다. 신발장에서 사용한 흔적이 있는 조경용 목장갑 몇 켤레를 찾아냈다. 여사와 이해신, 아저씨에게 한 켤레씩 주었다. 목장갑을 받아 든 이들의 얼굴이 어리둥절했다. 나는 신발을 신은 채 거실 한가운데에서 목장갑을 끼며 그들에게 말했다. 아주 엄숙하게.

"이제부터 우리는 한패야."

그리고 죽은 듯 고요한 사장의 얼굴을 내리쳤다. 양말을 물고 있는 입으로도 사장은 신음을 내질렀다.

"씨발, 사기꾼 새끼. 돈을 내놓든 굴착기를 내놓든."

나는 그렇게 말하고 이해신을 향해 고개를 끄덕였다. 그러자 이해신은 손을 벌벌 떨면서 다가와 이걸 꼭 해야 하는 거냐고 물었다. 우리는 우리가 구제해야 하는 거야. 나는 그렇게 대답하고 이해신이 주먹을 쥐어 사장의 턱을 있는 힘껏 내리칠 때까지 눈을 부릅뜬 채로 기다렸다. 한참을 주저한 끝에 이해신이 주먹 대신 발로 사장의 배를 찼다. 침도 뱉었다. 다음 차례는 여사였다. 그다음은 현구 아저씨. 이제부터 우리는 공범이고 받은 돈은 나눠 가질 것이다. 그 순간 나는 여사와의 인연을 완전히 끊어버리는 상상을 했고 그건 어떤 최초의 결심과 영영 실패할 다짐과도 같았다.

*

이 모든 이야기는 내가 여사로부터 도망치기 전에 일어났다. 나는 성인이 되자마자 여사의 집을 떠났고 단 한 번도 여사를 찾아간 적이 없다. 물론 그렇다고 해서 우리가 완전히 연락을 끊고 산 것은 아니었다. 여사의 지독한 성격상 그럴 수 없었다. 경찰에 실종 신고를 하기도 했고 그간의 양육비에 대한 내용증명을 전달하겠다며 연달아 문자메시지를 보내오기도 했다. 대부분 여사로부터 오는 전화는 받지 않았지만, 갑자기 마음이 약해진 날에는 전화를 받고 박 터지게 싸우다가 펑펑 울며 서로에게 사과했다. 그럼에도 여사를 다시 만나지는 않았다. 그래야만 내가 살 것 같았다. 그렇게 산 지 5년이 되었다.

청주고속버스터미널에서 담배를 한 대 피우고 아주 기름진 호떡을 하나 사 먹었다. 한참을 기다려도 도착하지 않는 그들을 기다리고 있자니 퍽이나 지루했다. 하지만 나는 그들이 기필코 이곳에 오리라는 것도 알고 있었다. 대합실의 텔레비전으로 부동산 대출 규제와 관련된 뉴스를 봤다. 그렇게 한참을 대합실 의자에 늘어져 있으니 저 멀리서 봐도 여사 같은 사람이 걸어왔다. 그렇게 오랜 세월이 흘렀건만 여사는 놀라울 정도로 정정했다. 흑갈색으로 염색한 머리는 생기 있는 컬이 돋보였다. 감색 모직 재킷을 입은 여사의 허리는 여전히 꼿꼿했고, 나는 그런 여사를 마주하자마자 알 수 없는 기쁨이 흘러나와 활짝 웃어 보였는데, 여사는 아랑곳하지 않고 내 뺨부터 후려쳤다.

"못된 년."

나는 그럴 수 있다고 생각하고 고개를 끄덕였다. 내가 집을 떠나고 나서 여사는 또다시 다짐했을 테니까. 쉽게 오염되거나 잃어버리기 쉬운 것들은 들여서조차 안 되는 거라고. 그러면서 나를 굴러 들어온 빳빳한 이불 정도로 여겼을 테지. 나는 오히려 여사가 분이 풀릴 때까지 때려주기를 바랐는데 그러지는 않았다. 여사는 내가 그간 무엇을 하고 살았는지 좀 말해보라고 했다. 나는 그냥 살았다고 했다. 그러자 여사가 물었다.

"나처럼?"

“응, 여사처럼.”

“그러지 말라고 했잖아.”

“그래도 그랬어.”

그사이 이해신도 커다란 가방을 메고 나타났다. 어린 티는 벗었지만 아직도 그때 얼굴이 많이 남아 있었다. 나는 가볍게 악수라도 나누고픈 마음에 손을 내밀었는데 이해신은 본 척도 하지 않았다. 결국 나는 어색하게 이해신에게 말했다.

“잘 지냈어?”

“응.”

“성공은? 했니?”

“그딴 거 묻지 마. 너 때문에 여기까지 왔어.”

“너도 돈 필요해서 온 거 아냐?”

“긴말하고 싶지 않아.”

더 이상의 인사는 미뤄두고 우리는 서둘러 승강장에 가서 택시를 잡아탔다. 미리 받아둔 주소를 말한 뒤 한마디도 하지 않고 그 집에 도착하기만을 기다렸다. 다행히 터미널에서 15분 남짓 걸리는 곳이었다. 저 멀리 현구 아저씨가 마중 나와 있었다. 얇은 바람막이를 걸친 백발의 현구 아저씨는 완전히 할아버지가 되어 있었다. 허리도 약간 굽었다. 현구 아저씨는 내 등을 두드리며 참 생경하게도 물었다.

"네가 유선이냐?"

"아저씨, 저 유선이에요."

"많이 컸다."

"잘 지내셨어요?"

"덕분에."

여사와 현구 아저씨는 서로 알은체도 하지 않았다. 그도 그럴 것이 그 사건이 있고 난 후에 둘의 관계가 완전히 파국으로 치달았기 때문이다. 현구 아저씨는 더 이상 여사와 만남을 이어가고 싶지 않아 했고 여사는 그런 현구 아저씨의 결정을 인정하지 않았다. 결국 현구 아저씨가 원래 고향이던 청주에 다시 터를 잡게 되면서 그들은 자연스럽게 멀어졌다. 나는 여사의 등을 떠밀며 무슨 말이라도 해보라고 했지만 여사는 성질이나 내면서 빨리 돈 문제나 정리하자고 했다. 침묵으로 일관하던 이해신도 거들었다.

"맞는 말씀이세요. 아저씨, 굴착기가 어디 있다고요?"

"저기 공터에 있지. 그런데 말이야. 저게 지금 영 상태가 안 좋아. 팔아도 얼마 안 나오게 생겼는데."

"일단 봐요."

"밥은 먹었나?"

"안 먹어도 돼요."

"그래도 꽤 오래 내 물건처럼 썼는데 말이야."

"아저씨, 그만큼 썼으면 됐잖아요. 여사 몫도 있고 우리 몫도 있다는 거, 기억 안 나세요?"

현구 아저씨는 아무 말도 하지 못했다. 그동안 현구 아저씨는 우리에게 흠씬 두들겨 맞은 사장에게 돈 대신 굴착기를 무사히 받아내는 데 성공했고 그것으로 잘도 먹고살았다. 현구 아저씨가 어떻게 구워삶았는지 사장은 경찰에 신고하지도 않았다. 그런데 여사에게는 10부 이자는커녕 빌려준 돈도 제대로 갚지 않았고 나와 이해신의 몫도 정산해주지 않았다. 나는 이해신에게 가방에 있는 것을 좀 꺼내달라고 했다. 이해신이 뚱뚱한 가방 안에서 목장갑 세 켤레와 멍키스패너 따위를 꺼냈다. 그러자 현구 아저씨가 한숨을 푹 쉬고 우리를 공터로 안내했다.

양쪽 바퀴에 무한궤도가 달린 거대한 굴착기는 위용이 대단했다. 무엇이든 무너트리고 훼손할 수 있을 것만 같았다. 현구 아저씨는 이것을 어쩌겠느냐고 물어보았다. 나는 팔아치울 거라고 대답했다. 아주 헐값에 팔아치우더라도 그렇게 할 거라고. 그렇게 해야만 우리가 다시 만나지 않고 살 수 있을 것만 같다고.

"당장 오늘 이걸 팔 순 없어, 유선아."

어떻게든 달래보려는 현구 아저씨의 다정한 목소리가 여전했다. 나는 여사의 손을 잡고 그 커다란 굴착기 앞으로 다가갔다. 그것에 손을 대보았다.

"여사, 이게 그동안 나름 우리 재산이었어."

"징그럽다."

"그치, 징그러워. 암만 봐도."

영영 인연을 끊겠다던 최초의 결심은 실패했지만 나는 여사와 떨어져 있던 몇 년의 세월 동안 새로운 다짐과 그에 대한 좌절을 반복했다. 오히려 그 굴레에 대해서는 아주 잘 배웠다. 여사에게서 그리고 나에게서. 이곳에 온 이유는 비단 돈 때문이 아니라 그 다짐과 가장 큰 관련이 있었다. 오늘은 나와 여사, 이해신 모두 현구 아저씨 집에서 묵을 것이다. 이 굴착기를 팔아치울 때까지 우리는 아무 데도 가지 않을 것이다. 며칠이 걸릴지라도. 결국 식탁 다리에 묶일지 그러지 않을지는 현구 아저씨가 선택할 것이다. 그런데 현구 아저씨가 간절하게 내 손을 잡으며 말했다. 집에 손주가 있는데…… 어떻게 안 될까? 나는 그런 건 문제도 아니라고 했다. 나도 늘 여사의 손주였고 그것이 문제인 적은 없었으니까.

소란한　　　속삭임

소란한　　　속삭임

　모아는 회사에 있는 아홉 시간보다 퇴근 후 지하철에 타 있는 한 시간이 더 싫었다. 낯선 사람들의 겨드랑이 사이에 낀 채로 내릴 사람과 탈 사람의 눈치를 보며 필사적으로 내 자리를 사수해내는 그 시간이. 천장을 향해 고개를 삐죽 내밀고 있다 보면 숨도 잘 안 쉬어지는 것 같았고 무엇보다 손을 어디다 두어야 할지 몰라 난감했다. 하필이면 바로 앞에 서 있는 아저씨는 정치 선전물 같기도 한 동영상을 이어폰도 없이 큰 소리로 틀어놓고 있었다.

　동영상에서는 태극기와 성조기가 동시에 흩날리고 있었다. 건드리면 안 되는 사람인 것 같군. 그런 생각을 하며 모아는 손을 꼼지락거려 주머니에서 이어폰을 꺼내 양쪽 귀에 꼈다. 그리고 제일 좋아하는 조성진의 피아노 연주곡을 튼 뒤 음량을 최대한으로 키우려던 찰나, 어떤 여자가 그 아저씨의 어깨를 툭툭 쳤다.

"아저씨, 여기 지하철이에요."

"그런데요?"

"시끄럽다고요."

"그럼 시끄러운 사람이 나가요."

"아저씨가 나가야죠. 여기 사람들 다 시끄럽다고 생각할걸요?"

"누가요? 도대체 누가!"

아저씨가 주변을 둘러보더니 여자에게 삿대질하며 목에 핏대를 세웠다. 여자는 그런 아저씨를 노려보다가 이번엔 검지로 모아의 어깨를 툭툭 쳤다. 모아는 필사적으로 모른 척하고 싶었지만 계속 자신의 어깨를 툭툭 쳐대는 여자의 성화에 못 이겨 오른쪽 이어폰을 뺀 뒤 아무것도 모른다는 듯 눈을 크게 떴다.

"네?"

"시끄럽잖아요."

순간 모아에게 쏠리는 시선들이 느껴졌다. 얼굴이 달아오르면서 순식간에 두피에서 땀이 솟을 만큼 더워졌다. 그런데 모아를 바라보는 여자의 시선이 너무 정직해서 그 눈빛을 도저히 무시할 수 없었다. 게다가 아저씨가 신경 쓰인

건 사실이지 않은가. 동영상은 여전히 큰 소리로 재생되고 있었다. 결국 모아는 저도 모르게 외치고야 말았다.

"너무 시끄러워 미치겠어요."

그러자 잠시 침묵이 흐르더니 여기저기서 아저씨를 향한 비난이 터져 나왔다. 아이참, 아저씨. 조용히 좀 갑시다. 지금 뭐 하는 거예요? 지하철 혼자 타는 것도 아니고. 이어폰을 사든가……. 아저씨는 결국 에이 씨발, 하고 짧게 욕을 내뱉더니 다음 역에서 사람들을 거칠게 헤치며 나가버렸다. 그 순간 모아와 여자의 눈이 마주쳤고 여자는 살짝 웃어 보였다. 모아는 어색하게 고개를 끄덕이며 인사를 했고 황급히 눈을 내리깔았다.

하차도 간신히 했는데 옆을 보니 그 여자도 함께였다. 여자는 꼭 지하철이 뱉어낸 것처럼 팅기듯 내렸고 모아 자신도 꼴이 별반 다를 것 같지 않아 조금 슬퍼졌다. 에스컬레이터에 올라탔는데 자리가 많은데도 불구하고 모아의 뒤에 꼭 붙어 타는 것이 조금 불안하게 느껴지던 차에 여자가 말을 걸어왔다.

"이 동네 사나 봐요."

"네."

"아까 고마웠어요."

"뭘요."

모아는 건조하게 대답하며 에스컬레이터에서 내려 빠르게 걸어갔다. 그러자 여자가 헐레벌떡 모아를 앞지르더니 마주 보고 섰다. 당황한 모아가 여자를 바라보자 여자는 뭔가 단단히 결심한 얼굴로 모아에게 손을 내밀었다.

"당신은 자격이 있어요."

"네?"

"모임에 들어올 자격이 있다고요."

"됐어요."

별 이상한 사람 다 보겠네. 모아는 그렇게 생각하며 여자를 지나치려 했는데 여자가 한 번 더 모아의 앞길을 막아섰다.

"후회 안 할 거예요. 이 모임에 들어오면 모든 게 달라질 거예요."

그렇게 말하는 여자가 의심스럽기도 했지만 너무 확신에 차 있어서, 모아는 당황스러운 동시에 궁금했다. 그 모임이 도대체 뭔지.

"뭔데요? 그 모임이."

"제 얘기 들어보실래요? 문화상품권 드릴게요."

한참 가방을 뒤적이더니 마침내 꼬깃꼬깃한 봉투를 찾

아낸 여자는 그 안에서 만 원짜리 문화상품권 세 장을 꺼냈
다. 모아는 과연…… 마음이 동했다. 안 그래도 이야기나 들
어보고 싶던 찰나 문화상품권까지 준다니 적어도 낭패는
아닐 거라는 생각이 들었다.

"어디서요?"

"안전한 곳에서요. 그러니까 너무 걱정 마요."

"문화상품권 때문은 아니에요."

"알아요."

새침하게 말하는 모아에게 더 새침한 대답으로 응수한
여자는 먼저 개표기에 카드를 찍고 나갔다. 개표기를 사이
에 두고 모아는 그제야 여자의 모습을 자세히 살펴보았다.
젊게 봐도 사십대 후반 정도로, 무채색의 상하의만 갖춰 입
은 모습이 묘하게 힘없어 보이는 행색이었다. 모아는 자신
에게 아저씨를 가리키며 시끄럽지 않느냐고 묻던 여자의
패기를 떠올렸다. 이 여자가 보기와는 다르게 엄청난 깡다
구를 가진 사람일 거라는 생각이 들었다.

*

여자의 이름은 시내. 실내에 들어가 차를 마시며 얘기

할 줄 알았는데 편의점에서 대뜸 캔맥주를 사더니 공원으로 가는 사람. 모아와 시내는 벤치에 앉아 한동안 아무 말도 없이 맥주를 홀짝였다. 모아는 누군가와 함께 마시는 맥주가 참으로 오랜만이라고 생각했다. 시내는 두 다리를 쭉 뻗어 발만 꼰 상태에서 상체를 앞으로 숙이고 눈을 감았다. 도대체 뭐 하자는 거지? 하고 생각할 무렵 어떻게 알았는지 시내가 말했다.

"듣고 있는 거예요."

"뭘요?"

"공원이 속삭이는 소리요."

모아는 시내가 무슨 말을 하는지 몰라 어리둥절하게 바라보다가 주변을 살폈다. 바람이 살짝 불었고 그 바람에 나뭇잎이 나부꼈다. 슥삭슥삭. 그런 소리가 나는 것 같기도 했다. 아무래도…… 사이비겠지? 그런 생각이 들어 그만 일어나려는데 또 시내가 어떻게 알았는지 입을 열었다.

"모임은 단출해요."

"몇 명인데요?"

"당신이랑 나요."

"에?"

"아직은요. 몇 번 거절당했어요."

그러니까 시내의 말은 이랬다. 우리의 모임은 속삭이는 모임. 그러니까 말 그대로 서로에게 이야기를 속삭이는 것이 이 모임의 중요한 임무였다. 그래서…… 뭘 속삭이라고요? 모아는 몇 번이나 물어봤지만 시내는 그런 것에 대답조차 하지 않고 자신이 나름대로 정한 규칙에 대해서만 이야기해주었다.

"비밀을 속삭이진 않으나 그것이 마치 큰 비밀이라도 되는 양 속삭여야 해요."

모아는 더 이상 설명을 듣는 것을 포기하고 맥주를 홀짝였다. 시내는 누가 들을세라 아주 은밀히게 규칙에 대해서 이야기하고는 금세 의기양양해졌다. 아무래도(방금 만들어낸 것 같은) 그 규칙이 몹시 마음에 들었던 것 같다. 그렇게 시내는 맥주를 잠시 내려놓고 한 손바닥을 입가에 댄 뒤 모아를 바라보았다. 꼭 이미 준비가 된 사람처럼. 모아가 눈을 크게 뜨고 지금이요? 하는 표정을 짓자 시내는 아랑곳하지 않고 몸을 기울여 모아의 귓가에 정말로 속삭였다.

"제게는 아이가 있어요."

"큰 비밀 아니에요?"

"아닌데요."

"아…… 숨겨진 아이 아니고요?"

“아니요. 그냥 아인데요.”

“좋겠어요.”

“글쎄요. 지금은 남편이랑 살아요.”

그렇게 말한 뒤 시내는 얼른 모아의 얼굴 근처에 자신의 귀를 가져다 댔다. 모아는 이렇다 할 이야깃거리가 생각나지 않아 난처했지만 어떻게든 해보기로 했다. 누군가에게 귓속말을 해보는 것도 정말 오랜만이었다. 어쩐지 가슴이 간질거렸다. 두 손을 세우고 입을 가린 뒤(이건 정말이지 어쩔 수 없는 의식과도 같았다) 시내에게 속삭였다.

“저는 호박을 싫어하지만 아무도 그걸 몰라요.”

“왜 아무도 몰라요?”

“그냥 먹으니까요.”

“싫어한다고 말 안 해요?”

“안 해요.”

“왜요?”

“싫어한다고 말하는 게 더 싫어서요.”

속닥속닥. 모아와 시내는 아무도 없는 드넓은 공원에서 서로에게 비밀이 아닌 것들을 속삭였다. 모아는 어쩐지 시내와 아주 중요한 대화를 나누고 있는 것 같은 기분에 빠졌는데 그 느낌이 퍽 좋았다. 자신이 한 말과 시내가 한 말이 아주 중요하고 소중해진 것만 같은 그런 기분. 모아가 그런 기분을 시내에게 털어놓자 시내는 자랑스럽게 자신의 두 번째 규칙을 일러주었다.

"중요하지 않아도 속삭임으로써 중요해져요. 그러니까 우리 사이에 허투루 하는 말은 없는 거죠."

솔직히 시내가 말하는 규칙은 다소 황당했고 애들 장난에 불과한 것처럼 느껴지기도 했으나 낯선 이와 속삭이는 일련의 과정이 퍽 나쁘지 않았다는 걸 모아는 인정할 수밖에 없었다. 그러니까…… 더 속삭이고 싶었다. 그리고 시내의 속삭임을 듣고 싶었다. 꼭 비밀 놀이를 하는 아이가 된 기분이랄까. 이 또한 시내의 계략에 빠져든 것일 수 있었다. 시내는 모아에게 새침하게 물었다.

"어때요. 모임의 일원이 되실 생각은?"

모아는 조금 고민하다가 대답했다.

"있어요."

"그럴 줄 알았어요. 그럼 우리에게는 미션이 있어요."

"미션?"

"내일 오후 2시 명동역 4번 출구에서 만나요."

시내는 그렇게 말하고 빈 캔을 찌그러트린 뒤에 자리에서 일어났다. 모아는 더 속삭이지 않고요? 라고 묻고 싶

은 걸 간신히 참아내고서 앉은자리에서 손을 흔들어 인사
했다. 그러자 시내도 손을 흔들어 인사했다. 단발머리를 한
시내가 모아의 시야에서 점점 사라졌다. 모아가 다시 온전
한 침묵으로 돌아왔다고 생각했을 때 마침 바람이 불었고
그제야 모아는 공원이 정말 속삭이고 있다는 것을 알아차
렸다.

*

　명동역 4번 출구 앞에 서 있는 시내는 여전히 무채색
차림이었고 한 손에는 전단지 몇 장을 들고 있었다. 의외로
거절을 못하는 사람인가 보군. 모아는 그렇게 생각하며 선
캡을 쓴 아주머니가 내미는 헬스장 홍보 전단을 기어코 받
지 않았다. 시내는 모아에게 간단하게 인사한 뒤 인파를 뚫
고 앞서 걸었다. 예술극장을 지나 성당까지 둘러본 다음 우
리의 일원이 될 사람을 결정할 거라고 했다.
　"일원이요?"
　"여기 시끄러운 사람들이 특히나 많잖아요."
　"그런데요?"
　"자기주장을 어떻게든 큰 소리로 전파하려는 사람들로

가득 차 있다고요."

"그렇죠."

"그런 건 정말이지 견딜 수가 없어요."

"저도요."

"그 사람들 중 한 명을 속삭이는 사람으로 만드는 게 오늘의 미션이에요. 부담스러우면 모아 씨는 지켜만 보세요."

시내는 그렇게 말하고 또 앞서서 빠르게 걸어갔다. 모아는 이게 맞나, 싶으면서도 시내가 도대체 어떻게 할 요량인지 궁금했다. 시내는 한참 걷더니 길거리 음식을 파는 노점들이 늘어선 사거리에 멈춰 누군가를 주시했다. 한 중년 남성이 마이크를 잡아먹을 듯이 입가에 붙인 채 소리를 지르고 있었다.

"1000년 이내 지구는 멸망합니다. 정부는 대체 지구를 마련하라!"

아직 1000년이나 남았는데도 불구하고 몹시 간절해 보이는 남자를 빤히 바라보던 시내는 남자에게 주저 없이 돌진했다. 모아는 그런 시내를 따라가느라 헐떡이며 뛰었는데 이미 시내는 남자에게 무언가를 속삭이고 있었다. 속닥 속닥.

"뭐라고요?"

남자가 인상을 찌푸리며 시내에게 귀를 더 바싹 가져다 댔다. 모아는 무슨 말을 하는지 듣고 싶어 염치 불구하고 그들의 머리 사이에 끼어 귀를 갖다 댔다. 그러자 작게나마 시내의 목소리가 들렸다.

"조용히 말하면 더 그럴싸하다고요."

"그럼 누가 들어준다고요."

"비밀같이 말해보세요."

남자는 망설이더니 이윽고 마이크에서 입을 뗀 뒤 시내에게 속삭였다.

"1000년 이내 지구가 멸망해요."

"정말요?"

"우리는 대체 지구를 찾아야 해요."

"하지만 1000년은 아주 긴 시간인데요."

"우주의 시간으로 따지자면 아주 짧은 시간에 불과하죠."

"당신은 왜 그렇게 대체 지구를 찾는 데 열성적인 거죠?"

"제 죽음보다 인류의 죽음이 더 절망적이거든요. 그런데 옆에 있는 분은 누구죠?"

"우리는 속삭이는 모임 회원들이에요."

"그런 모임도 있나요?"

"네. 들어오시겠어요? 당신에게 이 모임이 도움이 될 것 같아요."

남자는 조금 고민하더니 고개를 저었다. 자신은 대체 지구를 찾는 일에 더욱 집중해야 할 것 같다고 했다. 그러더니 자신의 말을 이렇게 집중해서 들어준 사람은 처음이라며 전단지와 함께 홍삼 젤리 두 개씩을 쥐여주었다.

모아는 어쩐지 그들의 대화를 듣고 난 뒤 자신감이 생겼다. 정말이지 속삭임에는 어떤 강력한 힘이 존재하는 것 같았다. 누군가를 설득하고 부드럽게 타이르는 힘, 사람의 마음을 말랑말랑하게 하는 힘 같은 것. 모아는 화하고 달콤한 홍삼 젤리의 맛을 오랫동안 음미하며 생각했다. 그 힘을 사용해보고 싶다.

성당으로 가는 길목에 오십대로 보이는 여자 한 명이 피켓을 가방처럼 멘 채로 이상한 주문을 외우고 있었다. 예수 천국 불신 지옥, 심판의 날이 다가왔습니다. 믿지 않으면 당신은 죽게 될 것입니다. 죽어서 지옥에 가게 될 것입니다. 천국으로 가는 길은 단 하나입니다. 모아는 시내에게 고개를 끄덕여 보이고는 여자에게 다가갔다. 시내는 따라오지 않았다.

여자는 자신의 앞에 선 모아를 가만 바라보더니 또다시 주문을 외기 시작했다. 모아가 들으라는 듯 좀 더 큰 목소리로. 모아는 여자에게 더 가까이 다가갔다. 그러자 여자가 한 발짝 뒤로 물러섰다. 이상한 긴장 상태가 유지되었다. 여자는 더 이상 주문을 외지 않았다. 짧은 침묵이 흐르고 여자가 날카롭게 물었다.

"뭐요."

"하고 싶은 말이 있어서요."

"하세요."

"조금 가까이서 하고 싶은데."

"왜요."

"속삭이는 모임에 들어오실래요?"

"그게 뭐죠?"

팽팽한 신경전. 하는 수 없이 모아는 필살기를 쓰기로 했다. 두 손을 세워 입가에 갖다 대고 몸을 숙였다. 꼭 아주 중요한 말을 하려는 사람처럼. 그러자 여자도 잠시 망설이다가 몸을 조금 앞으로 숙였다. 역시. 신중하게 말하려는 자세를 취하는 사람 앞에서는 들으려는 자세로 응수하게 된다.

"속삭이면 시원해져요."

"지금 그럴 때 아니에요. 별 이상한 사람 다 보겠네."

"저는 청약이 당첨됐는데 잔금을 치르지 못해서 아파트를 날린 적이 있어요."

"저런."

여자의 목소리가 갑자기 줄어들었다.

"저 딱하죠."

"어쩌다 그렇게 됐대."

"신용이 좋지 않아서 대출이 잘 안 나왔어요. 다 제 탓이죠. 어쩔 수 없다고 생각했는데 그때 이후로 자꾸 잠이 안 오고 인생의 중요한 기회를 날린 것만 같다는 생각을 지울 수 없더라고요."

"다 그렇죠. 나도 문정에 땅만 안 팔았어도. 그린벨트 해제가 웬 말이냐고요."

"신문 자주 보시나 봐요."

"그럼. 세상이 하도 어질어질하니까 내가 여기 나와 있는 거예요. 뭐라도 해야겠다 싶어서. 방구석에 앉아서 댓글만 쓰면 뭐 하나고요."

여자는 그렇게 말하더니 한숨을 푹 쉬고 모아를 곁눈질하며 시원하긴 하네, 했다. 그러더니 모아에게 물었다.

"어떻게 하는 건데요. 그 모임."

모아가 뒤에 서 있던 시내를 바라보며 손짓했다. 그러니까 시내가 얼른 여자에게 다가와 단호한 표정으로 말했다.

"속삭이는 모임 규칙 세 번째. 속삭임으로써 우리는 세상의 전부가 된다는 걸 명심해야 한다. 속삭이는 동안에 예수에 대한 이야기는 일절 하시면 안 돼요."

"중요한 얘긴데."

"다른 이야기도 중요해요."

여자는 단호한 시내를 가만 바라보았다. 조금 망설이는 것 같더니 어느새 피켓을 내려놓고 말했다.

"알겠어요."

"그럼 오늘 저녁 7시 고척근린공원에서 만나요."

고개를 천천히 끄덕인 여자는 왜인지 더 이상 내려놓은 피켓을 메지 않고 가만히 서 있었다. 모아와 시내가 그곳을 떠날 때까지. 주변을 두리번거리는 것 같기도 했고 하늘을 보는 것 같기도 했다.

*

여자의 이름은 수자. 가만히 앉아 대화하는 건 도무지 생산적이지 못하다고 운동장에서 경보하며 빨리 말하라고 재촉하는 사람. 모아와 시내는 도무지 수자의 빠른 걸음걸이를 따라갈 수 없었다. 수자는 어쩔 수 없다는 듯 걷는 속도를 늦춰주었고 그제야 시내는 호흡을 가다듬으며 툴툴

댔다.

"나무도 울창하고 조경도 잘된 넓은 공원에서 웬 운동
장이에요."

"아직 기운이 남았나 보네."

분홍색 바람막이를 입은 수자가 다시 빠른 걸음으로 먼
저 가려던 찰나 모아가 서둘러 수자의 팔뚝을 붙잡고 말했다.

"속삭이기 위해서는 조금 침착해야 해요."

수자가 잠시 침묵하더니 그건 그러네, 하고 속도를 줄
였다. 모아와 시내, 수자는 대화를 나눌 수 있을 정도로 알
맞은 속도를 유지하며 서로의 보폭에 맞춰 걷기 시작했다.
아무 말도 하지 않고 두 바퀴쯤 돌았을 때 수자는 더 이상
못 참겠다는 듯 우뚝 섰다. 하필 골대 바로 뒤였고 야간 조
명이 수자를 환하게 비추고 있었다. 수자는 꼭 드라마의 주
인공처럼 보였고 정말로 주인공이 된 것처럼 말했다.

"이럴 거면 다 관둬."

시내는 모아의 팔짱을 낀 채로 수자에게 다가갔다. 수
자는 물러서지 않았다. 그들이 또다시 속삭임을 감행할 것
을 알았기 때문이다. 시내와 모아는 수자에게 바짝 다가섰
고 결국 셋은 머리를 맞댄 아주 수상한 모양새가 되었다. 시
내는 속삭이는 모임과 관련한 첫 번째 규칙에 대해 말했다.

"비밀을 속삭이진 않으나 그것이 마치 큰 비밀이라도 되는 양 속삭여야 해요."

"그게 뭐야?"

수자가 불신에 가득 찬 눈으로 시내를 바라보자 시내가 두 손을 세워 입가에 갖다 대었다. 모아는 아뿔싸, 이러면 별도리 없지, 하며 고개를 숙인 채 집중하여 시내의 말을 기다렸다. 수자도 귀를 기울였다.

"저는 슬퍼요."

"왜요?"

"분명히 이유를 알고 있었는데 언젠가부터 이유를 잃어버리고 슬픔만 남았어요."

모아가 시내의 말에 고개를 끄덕거리며 부드럽게 속삭였다.

"저는 반대예요. 슬픔은 잃어버리고 이유만 남았어요."

"그럼 어떻게 된 거예요?"

"자꾸 이유들만 머리에 남아서 악에 받쳐요."

속닥속닥. 모아와 시내가 서로의 슬픔과 이유에 대해 속삭이는 동안 수자는 그 이야기를 잠자코 듣고만 있었다. 그러다가 작게 헛기침을 하고 목을 가다듬은 다음 두 손을 입가에 갖다 대었다.

“예수님을 믿고 나서…….”

“금지.”

“알았어요. 나는 오카리나를 잘 불어요.”

“정말요?”

“한때는 그걸로 먹고 살았어요.”

“지금은요?”

“그냥 여기저기서 세 받고 살아요. 많이는 아니고, 조금.”

마지막 말에 모아와 시내가 맞댄 머리를 떼고 배신감 어린 눈초리로 수자를 쳐다보았다. 그러자 수자가 주변을 두리번거리며 숭얼거리듯 말했다. 자판기 없나. 음료수 내가 쏠게요. 결국 그들은 자판기를 찾아 나섰다. 수자는 경보할 때뿐 아니라 평소 걸음걸이도 빠른 편에 속했다. 수자는 벌써 자판기 앞에 가서 음료수를 뽑고 있었다. 데자와 세 캔. 모아는 헉헉거리며 수자에게 다가가 데자와 한 캔을 받아 들며 물었다.

“어때요?”

“뭐가요?”

“시원하죠?”

“나름?”

“그렇다면 모임의 일원이 되실 생각은?”

"조건부 입회 희망해요."

"조건부?"

뒤늦게 자판기 앞에 도착한 시내가 깜짝 놀라 되물었다. 수자의 요지는 이랬다. 속삭이는 일은 기분 좋고 참 다정한 일이지만 사람이 매일 속삭이고만 살 수는 없는 노릇이라고. 속에 천불이 일 때도 있는 법이라고. 시내가 금세 불퉁한 얼굴이 되었다. 하지만 수자는 아랑곳하지 않았다. 아직도 목소리 큰 사람이 이기는 세상이라고, 모아와 시내에게 너무 주눅 들어 있는 것도 좋지 않다고 조언까지 해주었다.

"그러면 어쩌자고요."

"시끄럽게 구는 훈련도 하자고요."

"말도 안 돼요."

시내가 학을 떼며 말했다. 시내의 입장도 일리가 있었다. 세상이 끔찍하게 시끄러워서 속삭이는 모임을 만들었는데 시끄럽게 구는 훈련을 한다는 건 말도 안 된다는 것이었다. 시내는 소음을 만드는 사람들을 증오한다고 진심을 담아 고백했다. 현재 살고 있는 아파트 위층에 유명하지 않은 뮤지션이 살고 있는데 그 사람이 만들어낸 소음으로 인해 고통을 받은 지 어언 4년이 다 되어간다고 했다.

물론 모아는 시내의 입장도 이해가 갔지만 수자의 의견
도 맞는 말이라고 생각했다. 속삭이는 법을 배웠으면 시끄
럽게 구는 법도 배울 만하다는 생각이 들었다. 모아는 목을
가다듬고 시내에게 조심스레 속삭였다.

"시내 씨."

"네?"

"소음은 또 다른 소음으로 상쇄시키기도 해요."

"거짓말."

"진짜로. 어쩌면 속삭이는 모임에 정말 필요한 걸지도 몰라요."

"그럼 어떻게 하는 건데요."

"네?"

"시끄럽게 구는 거."

그런 것까지 미처 생각해보지 못한 모아는 수자를 바
라보았다. 수자는 그럴 줄 알았다는 듯 두 팔로 모아와 시
내의 어깨를 감쌌다. 모아는 제발 수자가 생각한 게 명동에
서 예수 사랑을 외치는 것만이 아니기를 바랐다. 다행히 수
자는 내일 저녁 8시 샛강역 1번 출구 앞 자전거 대여소 앞
에서 만나자고 했다. 아직까지 분이 풀리지 않은 시내가 낮
에는 뭐 하고요? 하고 새침하게 물었지만 수자는 사람 좋게
웃으며 하던 거 해야지, 예수 사랑! 하고 대답할 뿐이었다.

*

아프다는 핑계로 연차를 내고 회사를 나가지 않은 모아는 종일 침대에 누워 꼼짝도 하지 않았다. 5년 동안 지금 일하고 있는 가구 매장에서 회계 업무를 보았고 직원은 달랑 모아 한 명뿐이었다. 사장은 모아의 고모부였는데 고모부는 틈만 나면 몇 년 전 연락이 끊긴 아빠의 행방에 대해 아는 바가 있느냐고 꼬치꼬치 캐물었다.

알 리가 없었다. 모아가 갑상샘암 진단을 받았을 때 받은 진단금 1000만 원도 가져가버린 아빠였다. 평생 꽁꽁 숨어 누구한테도 들키지 않고 혼자서 잘 먹고 잘살 생각일 테지. 모아는 그렇게 생각하며 아무도 듣는 사람이 없는 방 안에서 조용히 속삭였다.

"아빠, 좆까라."

무슨 말이든 속삭이게 되면 그것은 정말이지 있을 법하고 귀중하고 허투루 들어선 안 될 말인 것처럼 느껴지게 되었다. 모아는 분명 이전에도 속삭이는 법에 대해서 알고 있었는데 시내를 만나고 나서는 처음부터 새롭게 속삭이는 법에 대해 배우게 된 것 같았다. 하지만 오늘은 시끄럽게 구는 법에 대해 배워야 할 차례.

서둘러 침대에서 몸을 일으킨 뒤 준비를 했다. 시내와 수자를 만날 준비. 속삭이거나 시끄럽게 굴거나…… 어쨌든 그들과 함께 있는 일은 모아의 마음을 은근히 들뜨게 만들었다. 이를 닦고 세수를 하고. 시끄럽게 굴 사람답지 않게 차분한 무채색 외출복으로 갈아입었다. 모아는 서둘러 집에서 나와 공원을 가로지르는 최단 경로로 역에 도착했다. 열차를 기다리는데 저 멀리서 털레털레 시내가 걸어왔다.

"주눅 들어 보여요."

"주눅 들었어요."

"왜요?"

"뭘 하게 될지 무서워요."

"뭐가 그렇게 무서운데요?"

"내가 요란 떨어서 사람들이 눈살을 찌푸리는 거요. 문화 시민으로서 걸맞지 않은 행동을 하는 거요. 그냥 남들보다 조금 튀는 것도 싫어요."

"그럴 줄 알고 가져왔어요."

모아는 가방에서 마스크 두 장을 꺼냈다. 한 장은 시내에게 주고 나머지 한 장은 자신이 착용했다. 시내가 고맙다며 모아와 똑같이 마스크를 끼고 스크린도어를 바라보았다.

"저 이것도 있는데."

"어, 저도요."

둘이 꺼내 든 건 다름 아닌 선글라스. 모양만 조금 다른 까만 선글라스를 똑같이 낀 두 사람은 스크린도어에 비친 서로를 바라보며 킬킬 웃었다.

"아주 수상해 보여요."

"딱 봐도 시끄럽게 굴 것 같네요."

모아와 시내는 그렇게 수상한 모습을 한 채로 지하철을 타고 샛강역에 도착했다. 그들은 1번 출구로 나가 자전거 대여소 앞에 서 있는 수자를 발견하고는 반갑게 손을 흔들었다. 수자는 어제와 마찬가지로 분홍색 바람막이를 입고 있었다. 마스크도 선글라스도 착용하지 않았다. 그럼에도 어쩐지 수자는 충분히 시끄럽게 굴 준비가 되어 있는 사람 같았다.

자전거 대여소에서 자전거를 빌린 셋은 한강 변의 자전거도로로 향했다. 모아와 시내는 어리둥절했지만 별다른 말은 하지 않았다. 자전거도로 근방에 도착한 뒤 수자는 짧게 준비운동을 했다. 모아는 어정쩡한 자세로 수자가 하는 몸짓을 따라 했고 시내는 그것마저 부끄러운지 따라 하지 않았다. 준비운동을 끝낸 수자가 말했다.

"자, 이제 각자 휴대전화로 좋아하는 음악을 틀어봐요."

“왜요?”

“자전거 타면서 틀 거예요.”

“이어폰 끼고 자전거 타면 안 돼요.”

“이어폰 안 낄 건데.”

“에?”

“노래 크게 틀어놓고 신나게 라이딩! 얼마나 좋아?”

수자가 미리 선곡해 온 트로트 메들리 목록을 모아와 시내에게 선보이며 말했다. 하지만 시내는 보는 척도 하지 않고 단호하게 응수했다.

“그건 민폐예요.”

“민폐지.”

“제가 평소에 노래 크게 틀고 자전거 타는 사람 얼마나 싫어하는데요.”

“그래서 한 번도 해본 적 없는 거잖아요.”

“당연하죠. 남한테 피해가 가잖아요.”

“내가 생각했을 때 시끄럽게 굴 수 있는 것 중 이건 가장 온건한 편에 속하는 거예요.”

수자의 말에 시내가 조용해졌다. 모아도 곰곰 생각해보았다. 어떤 식으로 시끄럽게 굴어야 남한테 피해를 끼치지 않을 수 있을까. 그건 불가능한 일에 가까운 것 같았다. 그러니까 수자의 말이 맞았다. 그나마 피해가 덜 가는 방법이긴 했다. 결국 모아와 시내는 각자 플레이리스트를 만들기 시작했다. 그렇게 만들어진 스피커폰 플레이리스트.

"자, 이제 노래 틀고 슬슬 갑시다. 나 따라와요."

수자의 주머니에서 신나는 트로트 음악이 쾅쾅 새어 나왔다. 이내 출발하는 수자. 시내는 조금 망설이다가 얼른 자전거를 타고 수자의 뒤를 따랐다. 시내의 주머니에서는 경쾌한 재즈 음악이 흘러나왔다. 모아는 여자 아이돌 최신곡 메들리를 재생시킨 다음 시내의 뒤를 따랐다. 그렇게 장르도 제각각인 음악 소리가 한데 얽혔다. 지나가는 사람들의 시선이 느껴졌다.

오랜만에 자전거를 타니 기분 전환이 되는 것도 같았다. 시원하게 바람을 가르며 신나는 노래를 큰 소리로…… 들을 수 있는 건 좋았지만 역시 이래서는 안 됐다. 아무리 생각해도 남에게 폐를 끼치는 일이 분명했다.

누군가는 지속적으로 폐를 끼치고 누군가는 극도로 폐를 끼치지 않게 노력하고. 그건 어쩐지 좀 이상했다. 공평의 문제라기보다 경계의 문제에 가까운 것 같았다. 어떤 사람이 아주 별일이라고 생각하는 무엇이 누군가에게는 그다지 별일이 아닐 수 있는 것이다. 그러니까 문제라는 게 발생하는 것이다.

모아는 그런 생각을 하다가 문득 자신의 엄마를 떠올렸다. 사는 게 다 그게 그거다, 고만고만하게 사는 것이니 화낼 필요 없다, 하던 엄마. 오래전 아빠와 이혼한 엄마는 모아가 아빠의 도주 사실을 알렸을 때도 몹시 침착했다. 976만 원이 들어 있는 예금통장 하나를 꺼내 모아에게 슬쩍 건네주었을 뿐이다. 모아는 통장에 찍힌 액수를 확인하자마자 화장대에 너저분하게 진열된 화장품들 위로 통장을 던져버렸다. 고작 아빠가 들고 튄 돈을 충당해준다고 해서 있었던 일이 없어지는 건 아니라고, 고만고민한 사람들끼리 서로 피해를 주지 않고 잘 살아볼 수는 없는 거냐고 화를 냈다.

"다들 단단히 고장 난 거야."

모아는 그렇게 외쳤다. 음악을 큰 소리로 틀어놓은 채 자전거를 타니 무슨 말을 해도 들을 사람이 없어 좋았다. 다시 한번 크게 소리를 질렀다.

"다들 고장 난 거야!"

"뭐라고요?"

앞에 가던 시내가 소리를 질렀다. 수자가 이즈음에서 그만 내리자며 수신호를 했다. 시내와 모아는 수자를 따라 자전거도로에서 빠져나왔고 자전거에서 내렸다. 그러자 벤치에 앉아 있던 젊은 여자 한 명이 쭈뼛거리며 그들에게 다가왔다.

"저기요."

"네?"

"소리가 너무 커요."

"아."

"시끄럽다고요."

여자의 날 선 목소리에 시내가 화들짝 놀라 음악을 끈 뒤 고개를 숙이며 사과했다. 마스크와 선글라스로 얼굴은 전부 가렸지만 귓바퀴가 빨개져 있었다. 모아는 어쩐지 지금 이 상황이 흥미롭게 느껴졌다. 시내는 어떤 기분일까? 만날 남에게 시끄럽다고만 하던 사람이었는데. 시내는 침착하게 선글라스와 마스크를 벗은 뒤 바람에 날려 엉망이 된 머리를 정리했다. 그리고 홍조 띤 얼굴로 모아에게 다가와 생전 처음으로 남에게 주의를 들어본 것 같다고 했다.

"혼나본 적도 없어요?"

모아가 묻자 시내는 고개를 저었다.

"알아서 남의 눈에 띄지 않으려 애썼거든요. 그런데 이런 말을 듣게 되다니. 뭔가 빌런이 된 기분이에요."

"좋은 거야, 싫은 거야?"

수자가 시큰둥한 얼굴로 묻자 시내가 어깨를 으쓱했다. 모아가 보기에는 충분히 좋아 보였다.

*

자전거를 반납하고 그들은 다시 샛강역 1번 출구 앞에 섰다. 수자가 환한 얼굴로 모아와 시내에게 어땠는지 물었다. 모아는 우물쭈물하다가 부끄러웠다고 대답했고, 시내 또한 다시는 못하겠다고 작은 목소리로 중얼거렸다. 그러자 수자가 혀를 찼다.

"잽을 받았으면 날릴 줄도 알아야지!"

수자의 말에 시내가 물었다.

"누구한테요?"

"세상한테!"

"그렇게 선량한 사람들이 피해를 입게 되는 거예요. 수자 씨가 말하는 세상은 실체가 없는데 피해를 입는 사람들은 실체가 있단 말이에요."

"시내 씨 말대로면 피해입는 사람은 모두 선량한가?"

날카롭게 뱉은 수자의 한마디에 시내가 입을 다물었

다. 모아는 구태여 그들을 중재하지 않았다. 그들은 성향이 너무도 다른 사람이었고 애초에 그런 사람을 모임에 끌어들이고 싶어 한 이도 시내였기 때문이다. 그러니까 피치 못할 일이었을 뿐이다. 시내는 한숨을 푹 내쉬더니 한 수 물러났다.

"다음은 뭐예요?"

"버스킹."

"버스킹?"

"아, 난 진짜 못해."

이번에는 모아와 시내가 강력하게 반발했다. 그러자 수자가 등에 메고 있던 가방을 앞으로 돌려 뒤적이더니 탬버린과 캐스터네츠를 꺼내 벤치에 올려두었다. 그런 다음 모아와 시내에게 가까이 다가와 두 손을 세워 입가에 붙였다. 수자의 속삭일 준비에 모아와 시내도 어쩔 수 없이 머리를 맞댔다.

"사람들이 그냥 나를 알아줬으면 좋겠어. 어떤 식으로든."

"그게 버스킹하고 관련이 있어요?"

"어쨌든 오카리나를 불 거야."

"혼자 불면 되잖아요."

"혼자는 힘들어."

"왜요?"

"떨리거든."

명동 거리 한복판에서 피켓을 멘 채 예수 천국 불신 지옥을 외쳐대는 사람이 떨린다고? 모아와 시내는 황당하다는 표정으로 수자를 바라봤다. 수자는 그것과 이것이 분명히 다르다고 했다. 예수 사랑을 외치는 일에는 분명한 믿음이 있는데 오카리나를 부는 일에는 그것만 한 믿음이 존재하지 않는다고. 오카리나를 부는 일은 나를 믿는 일에 더 가깝다고. 시내가 고개를 끄덕이며 말했다.

"저도 저를 더 믿는 사람이 되었으면 좋겠어요."

모아도 고개를 끄덕였다. 그러자 수자가 모아에게는 캐스터네츠를, 시내에게는 탬버린을 쥐여주며 말했다.

"한번 해보는 거야, 우리."

"에?"

모아가 캐스터네츠를 어정쩡하게 들고 서서 수자를 바라보았다. 그런 말이 아닌 것 같았는데 어쩌다 그런 말이 되어버렸다. 수자는 한강공원에서 적당한 자리를 찾아보자며 모아와 시내를 앞질러 휘적휘적 걸어갔다. 시내는 가만서 있더니 잠자코 수자를 따라갔다. 모아는 시내에게 다가가 물었다.

"진짜 할 거예요?"

"뭐, 해야죠."

"진짜?"

"진짜."

"왜요? 설마 마음이 동했어요?"

시내는 침묵했다. 정말 마음이 동한 것 같았다.

"도대체 어떤 부분에서?"

"나도 몰라요."

"하."

한참을 돌아다닌 끝에 수자는 정말 적당한 공간을 찾아냈다. 동그랗게 흙이 깔린, 꽤 넓은 공터. 커다란 나무들이 공터를 둘러싸고 있었고 사람은 신기할 만큼 아무도 없었다.

"이게 버스킹이에요?"

"수줍은 사람들 맞춤 버스킹."

수자가 그렇게 말하며 환하게 웃었다. 그리고 바람막이 주머니에서 베이지색 오카리나를 꺼내 들었다. 크고 작은 구멍이 여러 개 뚫려 있어 아름다운 조각물 같기도 했다. 수자는 그 조각물을 두 손으로 부드럽게 움켜쥐었다. 그런 상태로 모아와 시내를 빤히 바라보더니 숨을 후후 내쉬며 말했다.

"어우, 떨려."

"수자 씨도 떨려요?"

"원래 아주 많은 사람 앞에서 오카리나를 불고 싶었거든."

"명동에서 오카리나 불면 안 돼요?"

"그거랑은 다르지."

수자는 그렇게 말하고 다시 호흡을 가다듬은 뒤 오카리나에 입을 갖다 댔다. 이윽고 울려 퍼지는 맑은 소리. 음들이 부드럽게 이어졌다. 모아와 시내는 힌동안 오카리나를 연주하는 수자를 바라보다가 겨우 정신을 차렸다. 둘은 찰찰찰, 탁탁탁, 하고 최대한 리듬에 맞춰 악기를 다루려고 했지만 이내 오카리나의 선율에 압도되어 그럴 수 없었다.

멀리서 킥보드를 탄 어린이 두 명이 커다란 나무 사이로 들어와 공터에 진입했다. 아이들이 저들끼리 웃어댔다. 깔깔 웃는 소리는 오카리나 소리와 아주 잘 어울리는구나. 모아는 그런 생각을 하며 불이 번쩍번쩍 들어오는 킥보드 바퀴를 주시했다. 두 어린이는 수자 앞에 서서 한참이나 오카리나 연주를 들었다.

수자는 손가락으로 구멍을 완전히 막을 줄 아는 사람

이었다. 입으로 들어오고 나가는 공기를 완벽히 조절해 맑은 소리를 낼 줄 아는 사람이었다. 모아는 문득 그런 수자가 자랑스러웠다. 분명 어린이들은 알 수 없는 음악에 이끌려 이곳 공터까지 오게 된 것일 테고 그렇게 사람을 끌어들인 수자는 충분히 자랑스러운 사람이었다. 시내가 탬버린을 찰찰 흔들며 모아에게 다가와 말했다.

"굉장하네요."

"사람을 완전히 홀려놓는데요."

"멋진 수자 씨."

"진짜 멋진 수자 씨."

연주를 마친 수자가 처음과 같이 숨을 고르고 어린이들을 빤히 바라보았다. 어린이들도 수자를 바라보고 있었다. 수자가 오카리나를 앞으로 내밀었다.

"해볼래?"

오카리나를 건네받은 어린이가 주둥이에 코를 박고 냄새를 맡더니 인상을 찌푸리며 친구에게 주었다. 친구도 냄새를 맡더니 눈썹을 찡그렸다.

"아, 미친. 침 냄새 나."

들고 있던 오카리나를 던지듯 수자에게 건네준 뒤 어린이들은 킥보드를 타고 사라져버렸다. 나무 사이로 멀어져

가는 번쩍번쩍 빛나는 바퀴들. 그렇게 작은 수모를 겪은 수
자는 얼굴이 새빨개졌고 모아와 시내는 그런 수자가 조금
안타까웠다.

*

시내와 수자. 아주 다른 성향의 사람들이지만 이상하게
서로의 삶을 궁금해하는 사람들. 오늘따라 유독 시내는 헤
어지기가 아쉬웠는지 자기 집에 3년 묵은 매실청이 있다며
그것으로 차를 내어줄 테니 마시고 가라 했다. 그렇게 그들
은 택시를 타고 시내의 집으로 향했다. 시내의 집은 엘리베
이터가 없는 낡은 복도식 아파트 3층이었다. 모아의 집과는
걸어서 10분도 채 걸리지 않는 곳이었다.
집에 도착했을 때 시내는 현관에 쌓인 택배들을 불 꺼
진 방 안으로 황급히 밀어 넣고 모아와 수자를 소파에 앉혔
다. 잠시 뒤 부엌에서 따뜻한 차를 가져왔는데 매실 냄새가
아주 좋았다. 모아가 한 모금 홀짝 마신 뒤 새콤한 맛이 너
무 좋다고 말하자 시내가 청을 담그고 나서도 매일매일 불
순물을 걷어내는 일을 오랫동안 반복했다고, 그래서 맛이
더 좋아진 것 같다고 했다. 모아가 놀라며 물었다.

"매일매일 쉽지 않았겠는데요."

"하지만 맑고 깨끗한 청을 만들기 위해선 그래야만 해요. 저는 그 일념으로 3년 동안 같은 일을 반복해왔어요."

가만히 듣고 있던 수자가 말했다.

"그건 뭐랄까…… 좀 힘들 것 같은데요."

"맞아요. 사실 저는 제 삶을 통제하지 못한다고 느낄 때 견딜 수 없어요."

"그럼 지금은요?"

"견딜 수 없어요. 아들이 가버렸어요. 남편한테요."

"성인인가 봐요."

"막 성인이 됐어요. 아들은 저한테 정신적인 문제가 있다고 생각해요."

"시내 씨는 그렇게 생각하세요?"

"전혀요."

모아는 단호하게 대답하는 시내를 보며 아주 큰 슬픔이 몰려왔다. 사실 시내를 처음 만난 순간부터 지금까지 시내의 정신이 멀쩡하다고 생각해본 적이 단 한 번도 없었기 때문이다. 그럼에도 모아가 시내와의 만남을 지속했던 건 시내의 마음이 좋았고, 자신 또한 병들어 있었고, 더불어 지금이 세상에는 어디 하나 병들지 않은 사람을 찾기가 더 어려울 거라는 생각 때문이었다.

자신의 아픔을 부정하는 사람만큼 아픈 사람이 없다는 걸 모아는 아주 잘 알고 있었다. 그제야 모아는 시내와 수자, 자신 모두 마음 깊숙이 어디 한군데가 단단히 틀어진 사람이라는 걸 깨달았다. 그래서 서로를 감지했던 것일지도 몰랐다. 한참 동안 흐른 정적에 시내는 어색한 듯 자리에서 일어났다. 집 앞 슈퍼에서 과일이라도 조금 사 오겠다고 했다. 모아와 수자가 손사래를 치며 괜찮다고 했는데도 기어이 시내는 지갑을 들고 나가버렸다. 그렇게 모아와 수자 둘만이 시내의 집에 남겨졌다. 서실 형광등이 부산스럽게 깜빡이기 시작했다.

"갈 때가 됐나 봐요."

"지금 가자고?"

"아니, 아니, 형광등요."

모아가 형광등을 가리켰다. 수자가 그렇네, 하며 형광등을 물끄러미 바라보았다. 그리고 모아에게 물었다.

"시내 씨 아무래도 안 좋아 보이지?"

"조금요."

"나는?"

"네?"

모아가 조금 당황해서 수자를 쳐다보았는데 수자도 자신을 가리키며 모아를 빤히 바라보고 있었다. 셋 중에서 가장 심지가 단단해 보이는 사람은 수자였다. 세 받으며 산다고 했으니 경제적으로도 나무랄 데 없고. 그런데…….

"아무래도 고성방가를 하시니까……."

"얼마나 간절하면 그러겠어."

"간절하다고 누가 그렇게 믿음을 강요해요. 지금 이 상황에서 누가 누구보다 낫다고 얘기해주기를 바라는 거예요?"

모아가 날 선 목소리로 되받아쳤다. 그러자 수자도 화가 난 나머지 자리에서 벌떡 일어섰다. 그때 현관문에서 작고 분명한 노크 소리가 났다. 모아도 수자도 얼음이 되어 현관문을 쳐다보았고 형광등도 빠르게 깜빡거렸다. 둘은 누가 먼저랄 것도 없이 숨을 죽이고 아무 소리도 내지 않으려 노력했다.

하지만 노크 소리는 계속해서 이어졌고 그제야 모아는 무언가를 한 아름 사 들고 온 시내가 문을 열 수 없어 겨우 노크하는 것일 수도 있겠다는 데 생각이 미쳤다. 모아는 자리에서 일어나 현관으로 향했다. 누구세요, 하고 물었는데 대답이 없었다. 그래서 다시 한번 물었는데 뭐라고 웅얼거리는 소리가 들리는 것 같기도 했다. 결국 몇 번 심호흡을 한 뒤 누구시냐고요, 하면서 힘차게 문을 열었다.

문 앞에는 시내가 아닌 젊은 여자가 후드를 뒤집어쓴 채 우뚝 서 있었다. 손가락마다 포스트잇을 가득 붙인 채로. 모아가 무슨 말을 하려는 찰나, 여자는 거칠게 포스트잇을 구겨 모아에게 던진 뒤 준비해 온 공책을 들어 거기 적힌 말을 빠르게 읽어냈다.

"아줌마, 나는 혼자 살고요. 뮤지션도 아니에요. 무직이지. 강아지도 없고 앵무새도 없어요. 청소기랑 빨래는 오전 10시부터 12시 사이에만 돌려요. 맨닐 실내화를 신고 뛰어다니지도 않아요. 실내 운동은 안 하고요. 음악은 평소에 잘 듣지도 않는데 가끔 들으면 이어폰을 껴요. 여기 포스트잇에 적어주신 시간대에 저는 보통 침대에 있어요. 그냥 누워 있다고요. 음식도 잘 안 해요. 배달시켜 먹어요. 제가 뭘 그렇게 시끄럽게 했단 건지 이해가 안 가요. 몇 번이나 문자 메시지로 전화로 메일로 말씀드렸잖아요. 그리고 제 메일은 어떻게 알아내신 거예요?"

속사포처럼 쏟아낸 여자의 말에 모아가 아무 말도 못 하고 있을 때, 복도 끝에서 불이 환하게 켜졌다. 이윽고 시내가 양손에 종량제 봉투를 들고 걸어왔다. 여자는 뒤늦게 시내를 발견하고 눈살을 찌푸렸다. 시내 또한 문 앞에 서 있는 여자를 발견하고 우뚝 섰다.

*

시내와 여자 사이에는 보이지 않는 스파크가 튀고 있었다. 모아와 수자는 스파크를 직접 보지는 못했지만 느낌으로 분명 알 수 있었다. 큰 싸움으로 번지기 전에 수자가 둘 사이를 중재하고 나섰다. 지금으로써는 긴급 대책 회의가 필요하다는 명목이었다. 웬 긴급 대책 회의? 모아가 수자를 쳐다보자 수자는 얼른 시내의 어깨를 감싸 안고 안으로 데리고 갔다. 모아도 조금 망설여지긴 했지만 여자를 안쪽으로 안내했다.

거실에 옹기종기 모인 그들은 누구도 쉽사리 침묵을 깨지 못했다. 집 안에는 알 수 없는 냉기가 흘렀고 몹시 고요해서 수전에 고인 물이 뚝뚝 떨어지는 소리마저 들렸다. 그 순간 시내가 고개를 치켜들더니 한숨을 푹 쉬면서 물었다.

"들었어요?"

"뭘요?"

모아가 어리둥절한 목소리로 묻자 시내가 검지를 바로

세워 천장을 가리키며 또박또박 말했다.

"기포들이 연달아 터지는 소리 같은 거요. 또, 또, 들려요? 누가 한숨도 쉬었어요. 발을 작게 쿵쿵 구르기도 하고 꾸륵꾸륵 미어캣 같은 소리도 내잖아요."

고개를 약간 기울인 채 소음에 집중하는 시내의 모습은 매우 진지했다. 그래서 덩달아 모아와 수자도 고개를 기울여 위층의 소음에 집중해보았다. 하지만 웬걸, 아무 소리도 들리지 않았다. 모아와 눈이 마주친 수자는 고개를 살짝 가로저었다. 안 들리긴 마찬가지인 것 같았다. 그러자 여자가 이때다 싶었는지 모아와 수자에게 억울함을 도로했다.

"진짜 미치고 환장할 노릇이라니까요? 저는 집에서 아무것도 한 게 없는데 자꾸 조용히 해달라고 한단 말이에요. 심지어 지금 집에는 아무도 없어요. 그런데 누가 소리를 내요."

"혹시 유령이라도⋯⋯."
"그런 건 없어."

수자가 단칼에 모아의 말을 잘랐다. 모아는 다른 사람도 아니고 수자가 유령의 존재를 단호하게 부정하는 게 얄궂게 느껴져서 항변하고 싶었지만 꾹 참았다. 확실한 건 수자는 시내와 여자 사이의 문제를 진심으로 해결해주고 싶어 한다는 것이었다.

"시내 씨가 예민한 편인 건 맞아."

"그렇죠?"

"그래도 다 같이 맞춰 살아야 하지 않겠어? 테스트를 한번 해보면 어때요?"

"테스트요?"

잠시 자기편을 들어주는 줄 알았던 여자는 테스트라는 말에 화들짝 놀랐다. 수자의 요지는 이랬다. 모아와 수자가 윗집에 직접 가서 소음 테스트를 진행해보면 어떤 소음에 시내가 민감해하는지 알 수 있을 테고, 그러면 앞으로 서로 맞춰가며 살 수 있지 않겠느냐는 것이었다. 시내는 수자의 말에 어느 정도 일리가 있다고 생각했는지 고개를 끄덕였고 여자는 말 그대로 사색이 되었다. 모아는 그런 여자의 무릎에 조심스럽게 한 손을 올리며 물었다.

"괜찮아요?"

그때 수자가 끼어들었다.

"그런데 그쪽 이름이 뭐예요?"

"이두리요."

"두리 씨는 소음 테스트를 하기 싫어요?"

"집이 엉망이라……."

두리가 안절부절못하자 시내가 불퉁한 표정을 유지한

채 나직이 일렀다. 하기 어려운 말은 속삭이면 된다고. 그럼 조금은 나아진다고. 그런데도 두리는 입을 떼지 못했고 수자가 먼저 속닥속닥 말문을 텄다.

"나는 사흘에 한 번 설거지를 해."

그러자 두리도 작게 속삭였다.

"사실 제가 저장강박증이 있어서."

"저는 첫 생리 파티 때 받은 용돈 봉투가 지금도 서랍 맨 밑에 있어요."

모아의 말에 두리가 처음으로 조금 웃었다. 모아는 조금 더 과장해서 떠들었다. 생리를 하는데 용돈을 주더라니까요? 요즘도 그런가. 그러자 수자가 자기 때는 천을 꿰매서 생리대를 만들었는데…… 같은 일장 연설을 시작했고, 시내는 수자의 말을 중간에 끊으며 두리를 똑바로 쳐다보았다.

"당신 집이 어떻든 우린 상관 안 해요. 어차피 내 집하고 똑같은 구조일 거고 거기에 무엇이 들어차 있든 우리가 왜 뭐라고 하겠어요? 정말 딱 테스트만 하고 나올게요."

두리는 시내를 향해 깊은 한숨을 내쉬었다. 그러더니 알겠다고 정말 테스트만 하고 나오는 거라며 자리에서 일어났다. 그러자 수자가 모아에게 일어나라며 손짓했다.

"나랑 시내 씨는 여기 있을게. 모아 씨가 두리 씨랑 올라가서 이런저런 소음을 내봐. 그럼 우리가 전화를 걸어서 어떤 소음이 났는지 알려줄게."

"수자 씨 정말 똑 부러지네요."

"나는 해결할 수 있는 문제를 해결하는 데에는 일가견이 있다니까."

"해결할 수 없는 문제는요?"

"그게 아주 돌아버리게 하지. 그래서 맨날 예수 믿으라고 외치는 거잖아."

담담하게 말하는 수자에게서 왠지 모를 진심이 느껴졌다. 세상 대부분의 것은 해결할 수 없는 문제로만 구성되어 있으니까. 모아 또한 그 마음을 알 것 같았다. 어떤 때에는 한 치 앞도 보이지 않는 어느 바다 한가운데에 덩그러니 남겨진 느낌이 들기도 했다. 어쩌면 수자 씨는 자처해서 바다 한가운데로 뛰어드는 것이 아닐까. 보이지 않는 무언가를 붙잡기 위해서. 다만 그곳이 한낮의 명동역일 뿐. 모아는 그렇게 생각하며 속으로 슬며시 킬킬거렸다.

두리는 앞서 아파트 계단을 올라가며 한숨을 푹푹 쉬었고 모아는 그런 두리에게 쉽사리 말을 걸 수 없었다. 아무래도 준비가 전혀 되지 않은 상태로 낯선 사람을 집 안에 들이는 게 껄끄럽겠지. 그렇게 생각하니 미안해지기까지 했다. 문 앞에 선 두리는 작게 심호흡을 한 뒤 모아에게 말했다.

"아무도 여기 온 적 없어요."

"가족도요?"

"가족은 절대 안 되죠."

"그럼 제가 첫 손님이에요?"

"맞아요. 절대 소문내고 다니면 안 돼요."

"그럼요. 도대체 제가 어디에……."

모아의 말이 끝나기도 전에 두리가 열쇠를 돌려 현관문을 열었다. 아직도 열쇠를 지니고 다니는 사람이 있다니. 모아는 그것으로도 충분히 놀라웠다. 집 안 광경을 봤을 때는 오히려 침착해졌다. 이 사람 많이 안 좋구나, 하는 생각이 들어서.

*

모아의 8평 남짓한 원룸도 딱 이 모양인 적이 있었다. 온갖 물건과 쓰레기로 발 디딜 곳 없이 빼곡하게 차 있던 시절. 당시 모아는 아르바이트와 학과 생활을 병행하는 데

온 힘을 쏟고 있었다. 학비에 생활비까지 충당해야 했던 모아는 무리해서 새벽까지 서빙 일을 했고 귀가하면 여지없이 과제 수행에 매진했다.

그때는 정말이지 방 안에 가득 차 있는 쓰레기가 전혀 보이지 않았다. 물리적으로 보이지 않았다는 말이 아니라 신경이 전혀 쓰이지 않았다는 말이다. 대충 먹다 남긴 음식은 옆에다 치워놓으면 그만이었고 바닥에 놓인 물건은 요리조리 피해 다니면 그만이었다. 그것이 문제라는 생각은 하지 못했다.

캄캄한 두리의 집은 온갖 잡동사니로 빼곡했고 부엌에서는 형용할 수 없는 악취가 났다. 아무렇게나 묶어 던져놓은 배달 음식 봉투가 곳곳에 쌓여 있었다. 모아는 불을 켜려고 했지만 두리가 제지했다. 모아는 고개를 끄덕인 다음 소음 테스트를 할 만한 적당한 바닥을 찾았는데 도무지 빈 부분을 찾을 수 없었다. 결국 어지럽게 쌓인 택배 박스를 몇 개 치워 소음을 일으킬 만한 공간을 만들어냈다.

"해볼까요?"

모아가 묻자 긴장한 표정의 두리가 고개를 끄덕였다. 모아는 발을 천천히 굴러보았다. 세게 다섯 번. 그렇게 울림이 큰 바닥은 아닌 듯했다. 수자에게 전화를 걸어 방금 낸

소리에 대해서 묻자 아무 소리도 못 들었다며 시내도 별다른 반응을 보이지 않았다고 했다. 그렇게 소음 테스트는 몇 차례에 걸쳐 이어졌다.

전자레인지 여닫기 여섯 번. 벽 때리기 네 번. 발꿈치로 바닥 내리찍기 일곱 번. 큰 목소리로 통화 1분가량. 화장실에서 깔깔 웃기 10초 이내. 모아와 두리는 화장실에서 배를 잡고 억지로 깔깔 웃으면서 이게 뭐 하는 짓이지, 지금 하고 있는 게 맞나, 같은 생각을 했고 곧바로 어색한 침묵이 이어졌다. 침묵을 깨트린 쪽은 두리였다.

"고마워요."

"뭐가요?"

"아무 말도 안 해줘서요."

"뭐 그게 큰일이라고."

"손가락질할 일이잖아요."

"저도 손가락질받을 일 많이 해요. 다들 할걸요? 말을 안 해서 그렇지."

이윽고 수자에게서 전화가 왔다. 아무 소리도 안 들린다고 했다. 시내도 내내 잠자코 있다며. 정말 이렇게 방음이 잘되는 집은 처음 보네. 모아는 생각했다. 전화를 끊고 어떻게 할지 몰라 화장실에 멀뚱히 서 있는데 두리가 물었다.

"어떡하죠?"

"뭐가요?"

"제 문제가 아니면 시내 씨 문제라는 거잖아요."

"그렇죠."

"그럼 어떡하죠."

도대체 어쩌자는 건지. 모아는 그런 생각이 들었지만 두리의 표정은 몹시 진지했다. 모아는 조심스레 두리에게 물었다.

"수자 씨랑 시내 씨를 여기로 데려와볼까요?"

"그건……."

"시내 씨의 문제가 아닐 수도 있으니까요."

고민하던 두리는 결국 고개를 끄덕였고 얼마 지나지 않아 수자와 시내가 문을 두드렸다. 두리가 문을 열자마자 수자는 손으로 코를 움켜쥔 뒤 인상을 잔뜩 찌푸렸다. 주위를 둘러보며 어머 어머, 이게 무슨 일이야, 두리 씨 왜 이래요? 왜 이러고 살아요? 하며 참견을 시작했고 두리는 어쩔 줄 몰라 하며 수자와 최대한 멀어지기 위해 애썼다.

"한창 젊은 사람이 말이야. 이렇게 넓은 집에서 그 나이에 혼자 살면 나 같으면 반짝반짝 윤을 내고 살겠어. 사람이 살림을 하고 관리를 하고 자기 경영을 하면서 살아야 반듯하게 살 수 있는 거야. 그러지 않고서는 막 나간다고. 이렇게 말이야. 내가 두리 씨 안타까워서 그러는 거야.”

“수자 씨, 두리 씨도 사정이 있겠죠.”

“사정? 사정이 어디 있어. 집이 이렇게 된 마당에. 그런 거 누가 알아주기나 해?”

수자의 잔소리를 묵묵히 듣고 있던 두리가 입을 열었다.

“알아달라고 안 했어요.”

“응?”

“알아달라고 안 했고, 그러니까 혼자 이러고 사는 거라고요. 내가 무슨 사정인늘 아무도 궁금해허지 않는 거 충분히 알고 있으니까 그만해요. 아주머니도 듣자 하니까 예수쟁이 같던데 저는 적어도 다른 사람한테 폐는 안 끼치거든요? 그리고 그런 모양새로 예수 믿으라고 외치면 누가 예수를 믿어요?”

말 한마디 지지 않던 수자가 조용해졌다. 순간 시내가 양손으로 귀를 막으며 말했다.

“시끄러워요.”

“우리가요?”

“아니요. 저기서 이상한 소리가 들려요.”

시내가 가리키고 있는 쪽은 쓰레기 더미가 가득한 현관

이었다. 모아는 당장 그쪽으로 달려가 가득 쌓인 쓰레기를 치우며 바닥을 둘러봤지만 쥐나 바퀴벌레 같은 것은 보이지 않았다. 모아가 아무것도 없다는 뜻으로 어깨를 으쓱하자 시내가 가까이 다가왔다. 이내 모아가 헤집은 쓰레기 더미 쪽으로 귀를 가까이 댔다.

"여기서 나요."

시내의 말에 두리가 질겁을 했다.

"엑? 무슨 소리가요?"

"뭔가가 끓다가 곧 터질 것 같은 소리가 나요. 작게 터지기도 하고요. 여기서는 꾸륵꾸륵 미어캣 소리가 들리고 저기서는 작은 뭔가가 자꾸만 발 구르는 소리가 나요."

이쪽저쪽 소음이 나는 곳을 가리키는 시내의 표정은 매우 진지하고 단호해 보였다. 모아와 수자와 두리는 어리둥절했다. 아무 소리도 안 들리는데…… 냄새는 나도. 하지만 시내에게 차마 그런 말을 할 수는 없었고 수자는 한숨을 내쉬며 두리에게 말했다.

"내가 미안해요. 오지랖이 넓어서. 자꾸 세상일에 참견하고 싶고 괜히 말 한마디 던지고 싶고 그러더라고. 나도 병이야, 병."

"괜찮아요."

"근데 어떡하지? 소음 문제 해결하려면 방법이 하나뿐인데. 이거 다 치우는 거. 어째?"

퉁명스레 말하며 주위를 훑는 수자의 눈이 반짝였다. 모아는 속으로 저 오지랖은 중증이라고 생각하면서도 두리의 집을 치울 수만 있다면 정말 좋을 것 같았다. 모아가 그 더러운 8평짜리 원룸을 치울 수 있었던 것도 우연히 놀러 온 친구 덕분이었다. 그 친구는 모아가 아르바이트를 갔다 온 사이 아무 말도 하지 않고 묵묵히 방을 치워주었다. 두리는 잠시 주변을 둘러보다가 짐짓 차가운 목소리로 말했다.

"제가 알아서 할게요."

그러자 시내가 응수했다.

"시끄럽다니까요."

"무슨 쓰레기가 시끄러워요."

"나도 모르겠어요. 근데 여기서 소리가 들려요. 그게 날 미치게 한다고요."

궁지에 몰리게 된 두리는 잠시 허공을 바라보더니 한숨을 쉬며 눈을 감았다. 유일하게 깨끗한 자리인 소파에 걸터앉아 꽤 오랫동안 침묵을 유지했다. 모아는 두리의 옆에 앉아 손을 모로 세웠다. 그리고 작게 속삭였다.

"여긴 다 이상한 사람들밖에 없어요."

"그런 것 같아요."

"그러니까 두리 씨가 이상해도 덜 이상해 보인다고요."

"다 들리는데."

바람막이 주머니에 양손을 꽂은 수자가 퉁명스럽게 말했다. 시내는 계속해서 소음의 진상을 찾아다니고 있었다. 결국 두리는 자리에서 일어나 괜히 널브러진 옷가지를 이리저리 들었다 놓았다 하며 말했다.

"도대체 뭐부터 시작해야 할까요."

"그건 걱정 마요. 수자 씨가 알아서 할 거예요."

모아가 수자를 쳐다보자 수자가 위풍당당하게 외쳤다.

"모아 씨는 고무장갑하고 50리터 쓰레기봉투 한 묶음 사 와줘. 아니, 두 묶음. 음식물 쓰레기봉투도. 두리 씨는 옷더미에서 입을 옷이랑 버릴 옷 좀 골라주고. 시내 씨는……내려가 있을래?"

"아니요. 저는 그럼 화장실 청소를 할게요. 어렸을 때부터 화장실 청소 담당이었거든요."

그렇게 그들은 할 일을 하러 흩어졌다. 수자는 제일 먼저 부엌에 가서 오래된 음식물들을 처리하기 시작했다. 제일 궂은 일일 텐데. 모아는 그런 수자를 쓱 보고 얼른 근처에 있는 슈퍼로 달려갔다. 가는 길에 문득 하늘을 봤는데

달이 유난히 동그랗고 예뻐서 그것을 유심히 보며 달렸다. 그러다 크게 넘어질 뻔했지만 꽤 괜찮은 경험이었다고 생각했다.

*

야심한 시각이었고 그들은 모든 에너지를 소진한 채 널브러져 있었다. 장장 네 시간에 걸친 청소가 끝났을 때는 모두 환호했고 누가 먼저랄 것도 없이 그 자리에 쓰러져 누웠다. 가득 찬 50리터 쓰레기봉두만 열두 개기 나왔고 두리는 뜯지도 않았던 택배 상자에서 운동화와 플리스 점퍼, 요란한 무늬의 반팔 티셔츠를 얻기도 했다.

깨끗해진 두리의 집은 가구의 위치까지 시내의 집과 똑같았다. 심지어 텔레비전도 같은 모델이었다. 시내는 자리에 누워 한동안 천장을 바라보다가 눈을 감았다. 숨을 크게 들이마셨다가 내쉬었다. 수자는 이미 반수면 상태에 빠진 것 같았다. 두리는 소파에 앉아 벽을 바라보고 있다가 물었다.

"시내 씨, 지금은 어때요?"

"너무 고요해요."

“아무 소리도 안 들려요?”

“네, 이제 좀 살 것 같아요.”

“왜 제 집을 치웠는데 시내 씨가 살 것 같아요?”

“모르겠어요.”

“이 집 엄마가 물려주신 거예요.”

“알아요.”

“어떻게 알아요?”

“두리 씨 어머니가 돌아가시기 전에 저랑 몇 번 다퉜거든요.”

“왜요?”

“천장에 물이 새길래 찾아왔더니 자꾸 이 집 문제가 아니라고 발뺌하는 거예요. 그러면서 아랫집에 가보라는 거 있죠? 물이 위에서 아래로 흐르지 아래에서 위로 흐르나요? 하고 따졌더니 그럴 수도 있지 않느냐고 하더라고요.”

“엄마가 좀 고집불통이었어요.”

“그래도 나중에 미안하다고 사과했어요. 상추를 이만큼 가져다 주셔서 다 먹느라 혼났네요.”

“주말농장을 하셨거든요.”

어머니가 돌아가신 이후로 주말농장에 가본 적이 없다는 두리는 그 땅이 이제 어떻게 됐는지도 모르고 알고 싶지도 않다고 했다. 알고 싶지 않은 걸 알게 되는 기분은 정말 끔찍하다고. 모아는 그 말에 공감하면서도 때로는 그것이 정말이지 마음처럼 되지 않는 일이라는 것을 알고 있었다.

"근데 제 어머니가 돌아가신 건 어떻게 알았어요?"

"다 알죠."

"어떻게?"

"이웃이잖아요."

수자는 언제 깼는지 자리에서 일어나 맥주 한잔하고 싶다고 했다. 결국 그들은 테이블 앞에 옹기종기 모여 앉아 맥주 한 캔씩을 깠다. 안수는 내왕 포스틱에 마요네즈. 모아는 두리에게 속삭이는 모임에 대해 설명하면서 시내를 만나게 된 일과 예수 천국 불신 지옥을 외치던 수자를 끌어들이게 된 일에 대해 차례로 설명해주었다.

두리는 이야기를 듣는 내내 몹시 재미있어하며 박수까지 쳤다. 자기도 속삭이는 모임의 회원이 되고 싶다며 두 손바닥을 세우고 속삭일 준비를 했다. 모아와 수자, 시내는 고개를 테이블 안쪽으로 숙이며 새겨들을 준비를 했다.

"저는……."

잠시 망설이던 두리가 호흡을 가다듬고 다시 속삭였다.

"1년 만에 처음으로 다른 사람하고 이야기를 했어요. 그리고……."

다시 한숨 쉬는 두리. 이윽고 입을 열었다.

"그게 여러분이라 다행이에요."

모아는 가슴 한구석이 뜨거워지는 느낌을 받았는데 그건 정확히 어떤 기분인지 설명할 수 없는 이상야릇한 것이었다. 자신도 이제 정말 하고 싶은 말을 이들에게 할 수 있겠다는 확신이 들었다. 그래서 고개를 숙이고 두리가 했던 것처럼 똑같이 속삭였다.

"아빠가 도망갔는데 저는 여전히 아빠를 사랑하고 있어요."

"연락도 안 돼요?"

"안 돼요."

"이런."

"저런."

"1000만 원도 훔쳐 갔어요."

"에이, 씨발."

포스틱을 집어 먹던 수자가 대뜸 큰 소리로 욕을 했다. 이래서 천륜이니 뭐니 다 소용없다고, 믿을 수 없는 것이 너무 많다고, 의지할 건 하나뿐이라며 제발 예수를 믿으라고 했다. 자신도 형제들한테 재산의 상당 부분을 갈취당한 후에야 그것을 깨달았다고. 시내가 조용히 수자를 타일렀다.

"예수 얘기 금지. 속삭이세요."

"나도 어디 하나 믿을 구석이 필요했다고요, 시내 씨는 내 맘 알지?"

"알죠. 저는 아들 하나 보고 살았는데요. 지금은 아닌 것 같아요."

"그럼요?"

"이대로도 즐거운 것 같아요."

"왜요? 이 모임 덕분에?"

기대 어린 수자의 질문에 맥주만 홀짝이던 시내는 짧은 침묵 뒤에 속삭임을 이어나갔다.

"처음에는 제가 예민하다고 생각했어요. 그런데 생각하면 생각할수록 이렇게 세상이 시끄러운 건 뭔가 세상 자체에 단단히 문제가 있는 게 아닌가, 그런 생각이 들었어요. 억울하기도 했죠. 어쩌면 제가 그 문제를 해결할 수도 있을 거라는 생각이 들었어요. 저 같은 예민한 사람이요. 물론 그럴 수 없었고요. 그런데 오늘 두리 씨네 집에서 나는 소음을 해결하고 나니 뭔가 그건 세상의 문제라기보다는……."

시내는 끝내 말을 잇지 못했다. 모아는 비록 시내가 말을 끝까지 하지 않았지만 어떤 말을 하고 싶은지 알 것 같았다. 우리의 문제. 그것은 우리가 포함된 문제였던 것이다. 당연히 알고 있다고 생각했던 것들이 종종 생소하고 어색하게 느껴질 때도 있는 법이다. 모아는 이 밤이 아주 길어 졌으면 좋겠다고 생각했다. 아주 긴긴밤이 되어서 그들이 각자의 한스러운 삶을 식탁에 전부 내어놓고 갔으면 좋겠다고. 사실 모아는 그들에게 속삭이기 전까지 아빠를 여전히 사랑하고 있다고 고백하게 될 줄은 꿈에도 몰랐다. 그것은 너무나도 바보 같은 일이었고 이해되지 않는 일이었지만…… 그런 일도 사실은 있는 것이다.

"무슨 일이든 알아차리기 마련이죠."

그들에게 그렇게 속삭인 모아는 맥주 한 캔을 더 꺼냈다. 동이 트고 있었다. 어제부터 오늘이야말로 낮이 오는 줄 모르고 밤이 오는 줄 모르게 살았다. 정말 사는 것 같았다. 모아는 그렇게 살아 있음을 감각하며 속삭이는 일은 정말로 사람을 살리는 것일 수 있겠다고 생각했다. 어쩌면 시내는 자신이 살기 위해 혹은 누군가를 살리기 위해 이 모임을 만들었을 수도 있는 것이다.

사이

사이

나에게는 꽤 많은 할머니가 있고 나는 그 모든 할머니를 빠짐없이 사랑한다. 현재는 풍동에 사는 뮤 할머니와 마두동에 사는 오 할머니, 탄현동에 사는 두부 힐미니만을 찾아뵙고 있지만. 뮤 할머니 댁에 가면 제일 먼저 발 매트를 햇볕에 말려두어야 한다. 귀가 잘 들리지 않아 무슨 말만 하면 뮤야? 라고 소리 지르는 뮤 할머니는 다른 무엇보다 발 매트에 득실거릴 세균을 제일 싫어한다. 나는 좀처럼 허리를 구부리지 못하는 뮤 할머니를 대신해 발 매트를 물로 헹군 뒤 베란다에 널어둔다. 그게 풍동 뮤 할머니 댁에서의 첫 일과라고 할 수 있다. 뮤 할머니는 내가 집에 들어와 인사를 하면 심드렁한 표정으로 대꾸도 하지 않지만, 내 근무 시간 내내 소파에 앉아 뜨개와 같은 소일거리를 하며 계속 말을 붙인다.

마두동 오 할머니는 어찌나 민화투를 좋아하는지. 갈 때마다 화투를 치자고 졸라대서 난감할 정도이다. 오 할머니의 보호자가 청소보다 돌봄에 방점을 찍고 있는 편이긴 해도 부엌과 거실 정도는 깔끔하게 해두어야 나 스스로 신경이 쓰이지 않는 편이다. 이런 성격 덕분에 이 일을 시작하고 얼마 지나지 않아 몇 건의 좋은 후기를 얻는 데 성공했다. 결국 그 후기들이 쌓이고 쌓여 여기까지 온 것이 아닌가. 그런 생각을 하면 내심 뿌듯했다.

'시터닷컴'에 접속하면 메인 배너에 내 얼굴이 대문짝만하게 걸려 있다. 이런 문구와 함께. 제가 돌보는 할머니들이요? 다 제 할머니예요. 나는 현재 시터닷컴에서 다섯 손가락 안에 드는 베스트 시터 중 하나이고 일산 일대에서 가장 높은 시급을 받고 일한다. 단 3년 만에 이룬 성과였다. 이 모든 게 누구 덕분인가. 암, 우리 할머니들 공이고말고. 나는 그런 생각을 하며 열심히 언덕을 올랐다. 숨이 턱끝까지 차올랐지만 개의치 않았다. 두부 할머니 댁에 가야 했으니까.

탄현역에서 두부 할머니 댁까지는 꽤 먼 거리였고 중간에 가파른 언덕길도 나왔다. 언덕 아래 전통 시장이 있는데 두부 할머니는 늘 그곳에서 장을 본다고 했다. 두부 할머니가 매번 이 언덕을 오르내린다고 생각하면 마음이 편치 않았다. 그래서 역에서 내린 다음에는 늘 두부 할머니에게 전화를 해 혹시 사 갈 것이 있느냐고 물어보곤 했다. 두부 할머니는 매번 없다고, 그냥 몸만 오라고 했다.

두부 할머니는 나를 더할 나위 없이 반기며 식탁 앞에 앉혔다. 그리고 내민 것은…… 두부. 그래, 두부였다. 두부 할머니에게 두부는 만병통치약이었다. 식물성 단백질이 가득 들어 있는 데다가 뇌 건강에 탁월한 콩으로 만들어 머리까지 좋아지는 음식. 두부 할머니는 혹시라도 내가 지겨워할까 봐 언제는 두부를 쪄주고 언제는 바나나랑 갈아주고 언제는 프라이팬에 지져줬다. 이제는 고역인 지경에 이른 두부 먹기가 두부 할머니 댁에서의 첫 일과인 셈이었다. 나는 접시에 예쁘게 담긴 두부부침을 달큰한 간장과 함께 재빠르게 먹어치웠다.

"맛있니?"

"맛있지요."

"예쁘게 잘 먹네."

"저도 알지요."

장난스럽게 할머니의 물음에 응수하며 그릇을 들고 개수대로 향했다. 역시나 설거지할 게 쌓여 있었다. 두부 할머니는 혼자 살면서도 옛날에 크게 살림하던 버릇을 버리지 못해 김치며 장아찌 같은 걸 자꾸 담갔다. 그 뒤치다꺼리는 자연스럽게 내 몫이 되었다. 며느리랑 같이 살 때는 아마 며느리가 했을 것이다.

"할머니, 김치를 또 담그셨어?"

"며느리 줄 거 했지."

"손도 커, 진짜. 좀 줄여가면서 해요. 허리도 아프면서."

"놀면 뭐 해. 애들이 뭐 김치 한 번이라도 담가봤겠나."

대야며 접시며 부엌에 잔뜩 널브러진 살림들을 정리한 뒤 본격적으로 설거지를 하려는 찰나 전화벨이 울렸다. 무시하려다가 하도 울리기에 확인해보니 두부 할머니의 며느리, 그러니까 나의 실질적인 고용주 수영 씨였다. 얼른 고무 장갑을 벗고 전화를 받았다. 수화기 너머로 날카로운 잡음이 고막을 찔렀다. 그동안 수영 씨와는 얼굴을 직접 마주한 적이 한 번도 없었다. 오로지 전화상으로만 대화를 나누었는데, 그때마다 수영 씨는 늘 혼잡한 거리 한복판인 듯했다.

"여보세요?"

"희지 씨, 잘…… 요?"

"네?"

"……냐고요."

"할머니 잘 계시고요. 허리 아프다는 말씀은 안 하시네요. 막 도착해서 혈압은 못 재봤어요. 카톡으로 수치 남길게요."

"……해요."

"뭘요."

잘 들리지 않아도 무슨 말인지 다 알 것 같았다. 수영 씨는 늘 정중하게 감사를 전하는 동시에 할머니의 건강 상태를 체크했으니까. 나는 처음 이 일을 시작할 때만 해도 불편한 게 없느냐는 말에 조심스레 진심을 전하기도 했다. 빨래를 너는 대신 건조기를 사용해도 될까요? 같은 말들. 돌아오는 대답은 언제나 나이스했지만 그날 이후 그 사람은 더 이상 나를 고용하지 않았다. 생각해보면 당연했다. 군말 없이 빨래를 널어 말린 뒤 개어줄 사람은 널리고 널렸으니까.

*

서랍에 있는 혈압계를 꺼내 두부 할머니 옆에 앉았다. 소파에 앉아 있던 두부 할머니는 자연스럽게 팔을 걷고 내 능숙한 손놀림을 가만히 바라만 보았다. 커프가 부풀어 오르며 두부 할머니의 팔뚝을 세게 조이기 시작했다. 그러고는 이내 이완되는 움직임. 우리는 이 일련의 동작을 꾸준히 되풀이해왔지만, 그것이 무색할 만큼 두부 할머니의 혈압은 항상 높았다. 수영 씨는 그게 참 의아하다고 했다.

"어머님이 젊었을 적에 아이스크림을 참 좋아했어요."

"요즘에는 드시는 걸 본 적이 없는데요."

"꼭 하루에 한두 개씩 팥 아이스크림을 드셨거든요."

"그랬군요."

"그게 문제가 된 것 같아요. 한번 오른 혈압은 떨어지기가 쉽지 않잖아요."

수화기 너머로 들려오는 수영 씨의 진지한 목소리에 별다른 대꾸를 할 수가 없었다. 이상하게 무력해지는 기분이 들었다. 두부 할머니는 아침에 눈을 뜨면 삶은 달걀에 참깨 드레싱을 뿌린 샐러드를 곁들여 먹었다. 점심은 적절한 지방 섭취를 위해 고기반찬 하나를 포함해 식단을 구성했고, 저녁은 두부를 이용해 만든 단 한 가지의 반찬으로 가볍게 끼니를 때웠다. 물론 수영 씨는 그것까지도 전부 알고 있었다.

나는 아직까지도 두부 할머니가 에어컨 튼 것을 본 적이 없었다. 며느리가 장만해줬다던 스탠드형 에어컨은 한눈에 봐도 값비싸 보였지만, 이따금 손주가 놀러 올 때나 사용하는 듯했다. 두부 할머니의 푸념에 따르면 남편이 죽고 나서 매매한 이 작은 아파트의 주택 담보 대출금이 두부 할머니의 유일한 생활비라고 했다. 자식들한테 손 안 벌리고 사는 게 가장 큰 목표가 된 두부 할머니는 그래서 건강도 챙기고 알뜰살뜰하게 살게 되었다며 사람은 목표가 있어야 한다고 했다.

내가 설거지를 하고 청소기로 거실 구석구석을 미는 동안 두부 할머니는 돋보기를 쓴 채로 신문을 유심히 들여다보았다. 다른 할머니와 다르게 꼬박꼬박 신문 읽기를 게을리하지 않는 두부 할머니는 말하는 데 있어서 거침이 없었다. 그런데 요즘 들어 단어 하나하나를 생각해내는 데 시간이 오래 걸렸다. 엊그제는 나에게 뜬금없이 영수증 하나를 들이밀더니 돼지 앞다리살 가격이 얼마로 찍혀 있느냐고 물어보았다. 9450원이요. 내가 말하자 아, 그러니? 하더니 영수증을 도로 가져가 자세히 살폈다. 두부 할머니는 분명 앞다리살을 조금밖에 사지 않았는데 가격이 94500원이나 나와서 호들갑을 떨었다고, 내가 없었으면 다시 마트에 가서 환불을 요구할 뻔했다며 웃었다. 나는 그런 두부 할머니의 단순한 실수들이 어쩐지 평소 같지 않다고 생각했다. 결국 나는 청소기를 밀다 말고 신문을 읽는 두부 할머니의 옆에 가서 앉았다. 두부 할머니가 나를 의아한 눈초리로 바라보았다.

"손가락 끝까지 피가 도는 게 건강에 좋대요."

그렇게 말하며 두부 할머니의 손을 가져다가 힘을 실어 꾹꾹 눌렀다. 두부 할머니는 시원한지 대꾸도 안 하고 잠자코 있었다. 나는 얼마간 마사지를 하다가 두부 할머니에게 질문을 던졌다.

"맞다. 여기 주소로 택배 부쳐야 할 게 있는데 주소 좀 불러줄래요?"

"주소?"

두부 할머니는 탁상 위에 놓인 수첩을 가져오려고 했다. 그 수첩에는 두부 할머니가 기억해야 할 모든 것이 적혀 있었다. 전화번호와 주소, 계좌번호 같은 것들. 나는 몸을 일으키려는 두부 할머니의 손을 잡고 놓아주지 않았다.

"에이, 한번 기억해봐요."

"경기도 일산서구 탄현로인가?"

"산현로겠죠."

"맞다, 산현로."

"할머니, 집 주소도 모르면 어떡해?"

"그러게나 말이다."

"그러면 할머니 전화번호."

"그걸 내가 어떻게 아니?"

"왜 몰라요?"

"내가 나한테 전화를 걸 일이 없는데."

그건 맞는 말이네. 할 말이 없어진 나는 두부 할머니를 바라보다가 그래도 자기 휴대전화 번호쯤은 외워두어야 한다고 했다. 그러니까 두부 할머니가 더듬더듬 숫자를 뱉어내기 시작했다. 그런데 틀린 번호를……. 나는 신문 한 귀퉁이에 두부 할머니의 전화번호를 적은 후 오늘 내가 퇴근하기 전까지 이걸 꼭 외워야 한다고 했다. 두부 할머니는 금세 불퉁해져서 꼭 네가 내 선생님이라도 되는 모양이로구나, 하고 중얼거렸다.

두부 할머니에게 농담조로 무어라 맞받아치려는데 때마침 휴대전화가 울렸다. 집주인에게서 온 문자메시지였고 내용을 확인하자마자 웃음기가 싹 가셔버리고 말았다. 일종의 퇴거 명령이었다. 한 달 만에 모든 짐을 빼고 나가주길 바란다는. 아마 영주 때문이겠지. 영주는 1년 전쯤부터 나와 함께 살게 된 고양이다. 추운 겨울 담벼락 밑에 웅크린 채 떨고 있는 새끼 고양이를 지나치지 못해 데려왔는데, 겨울이 지날 때까지만 같이 있자고 한 게 어느새 1년이 흘러버렸다. 그런데 5년간 한 번도 찾아오지 않던 집주인이

며칠 전 건물 전체의 배관을 손봐야 한다고 방문하더니 캣타워에 가만 앉아 눈을 끔뻑이는 영주를 보고 적잖이 당황한 것 같았다.

문자메시지를 보고 얼마 지나지 않아 화장실로 들어가 집주인에게 전화를 걸었다. 신호음은 이어졌지만 도통 전화를 받지 않았다. 일부러 그러는 것 같았다. 다섯 번이나 전화를 걸었지만 결국 집주인은 받지 않았다.

— 김영순 님 전화받아주세요. 드릴 말씀이 있어요.

— 월세 올리는 조건으로 재계약 가능합니다.

— 다시 연락해주세요.

— 저는 퇴거 조치에 응하지 않겠습니다.

그렇게 문자메시지를 다다닥 보내고 나니 마음이 더욱 심란해졌다. 독립 후 처음으로 살게 된 집이었고 작은 원룸이었지만 나름대로 오랫동안 정붙이고 살아온 곳이었다. 여름에 습기가 심하긴 했어도 반지하라서 월세가 쌌고 겨울에는 난방이 잘되는 따뜻한 집이었다. 겨우 돈을 모으기 시작한 지금, 발품을 팔아 이만한 조건의 월세방을 새로 구하는 일이 엄두조차 나지 않았다.

한숨을 쉬며 화장실 문을 열고 나왔는데 소파에 앉아 있어야 할 두부 할머니가 보이지 않았다. 이곳저곳 방문을 열어보았지만 온데간데없었다. 소파 위에 두부 할머니의 구형 휴대전화만 덩그러니 놓여 있을 뿐이었다. 얼른 베란다로 가서 몸을 숙여 내다봤다. 저 멀리 허리가 굽은 할머니 한 명이 카트를 끌며 가파른 언덕을 오르고 있었다. 하지만 두부 할머니는 아니었다.

*

나이를 먹으면서 책임을 져야 하는 일은 늘어났는데, 나는 그 책임지는 일이 항상 부서웠다. 그래서 입사와 퇴사를 그렇게나 반복했는지도 모른다. 어떤 프로젝트를 완수하고 성과를 가져와야 하는 업무들은 늘 나에게 커다란 스트레스로 다가왔다. 퇴근하고 집에 왔는데도 무언가 찜찜한 느낌이 가시질 않았고 제대로 업무를 수행하지 못했을 때 상사나 대표로부터 어떤 질타를 받으며 느꼈던 모멸감 같은 것들은 나의 숙면을 방해했다.

다 그러고 사는 거라고, 마음 좀 독하게 먹으라는 소리도 많이 들었는데 이상하게 그게 참 어려웠다. 남들처럼 그렇게 사는 거. 그냥 그러려니 하는 거. 결국 차일피일 미루다 받게 된 건강검진에서 위용종을 발견한 다음 날, 나는 사직서를 제출했다. 대략 1년 2개월 만의 퇴사였고 가장 오랜 근무 기간이었지만 어디 가서 이력으로 내놓기도 민망했다. 퇴사하고 더 이상 잠이 오지 않을 만큼 늘어지게 늦잠을 잔 뒤 이불 속에서 그런 생각을 계속했던 것 같다. 나는 아주 나약하고 쓸모없는 인간에 불과한 걸까?

그러니까 나는 근성이랄 게 없이 삶을 지속해갔다. 하지만 삶은 어느 기점 이후로 버티기만 해서는 되는 것이 아니었다. 미래를 도모하고 계획하고 운용하는 식이어야만 했다. 그러려면 아무려나 좋다는 식이어서는 안 됐다. 내가 할 수 있는 일, 그나마 정을 붙이고 해나갈 수 있는 일이 필요했다.

"그렇게 운명처럼 시터닷컴을 알게 되었어요."

내가 여기까지 이야기를 하면, 교육장에서 수업을 듣던 사람 몇몇은 고개를 끄덕이기도 하고, 입실 전 미리 나눠준 노트에 무언가를 적기도 했다. 어느새 나의 이야기는 일종의 레퍼토리가 되어 있었다. 분명 진심이 담긴 이야기였고 사실이었으며 내가 꾸준히 생각해오던 것이 분명한데도 이 말을 할 때마다 나는 부끄러운 마음이 들었다. 다 거짓말 같아서. 내가 그들에게 무언가 오해를 불러일으키고 있는 것만 같아서.

또 무슨 말을 했더라. 저는 돌봄 노동이 쉽게 유형화하기 어려운 난점을 가지고 있다는 것을 충분히 인지하고 있습니다. 그렇기에 책임의 범위를 책정하기도 굉장히 난감하죠. 하지만 누구보다도 돌봄 노동이 필요한 시대에 시터들은 어느 정도 자신의 업무적 책임을 인지해야 합니다. 책임의 범위는 스스로 만들어나가는 거라고 생각해요. 그래야지 보호자도 우리 시터를 믿고 사랑하는 자식, 어머니 그리고 아버지를 맡기지 않을까요?

어떤 말들은 오히려 입 밖에 냄으로써 그것을 진심으로 믿게 되어버리기도 한다. 그 전까지 항상 의문으로 남아 있던 것들이 오히려 발화를 통해 명백해져버리는 것이다. 그렇다고 그것이 나의 명백한 진심인 것은 아니다. 나는 이 순간 내가 뱉었던 그 말을 복기하며 언덕을 미친 듯이 뛰어 내려가고 있었다. 숨이 차올랐지만 뛰는 것을 멈출 수 없었다. 수영 씨가 알기 전에 두부 할머니의 행방을 찾아야 했다. 혹시 수영 씨에게 전화가 올까 봐 두부 할머니의 휴대전화도 챙겨 왔다. 수영 씨는 늘 내가 퇴근하는 시간에 맞춰 두부 할머니에게 전화를 걸었다. 그러니 무슨 일이 있어도 두 시간 안에는 두부 할머니를 찾아 집에 데려와야 했다.

*

가파른 언덕을 뛰어내려 도착한 곳은 전통 시장이었다. 평소 두부 할머니가 자주 드나드는 곳이었고, 매일 같이 방문한다던 그 두부 가게를 가봐야겠다는 생각이 들었다. 입구 쪽에 자리 잡은 유명한 순댓국집을 시작으로 시장은 길게 뻗어 있었는데, 또 출구는 사방으로 나 있어서 어디로 먼저 가야 할지 막막하게만 느껴졌다.

일단 한가해 보이는 꽈배기집에서 꽈배기 세 개를 주문했다. 통통한 꽈배기에 설탕을 듬뿍 묻히는 아저씨를 가만 바라보다가 조심스레 물었다.

"여기서 제일 유명한 두부 가게가 어디예요?"

"두부 파는 데야 많죠."

"할머니들 많이 가시는 곳이 따로 있을까요?"

나도 모르게 발을 동동거리며 다급하게 물었더니 아저씨는 잠시 생각하다가 고갯짓으로 오른쪽 골목을 가리켰다. 아침 6시부터 따끈한 두부를 개시하는 곳인데 언제나 노인들로 문전성시인 곳이라며 며칠 전에는 방송국까지 왔다 갔다나 뭐라나. 눈도 마주치지 않은 채 중얼거리듯 말하는 아저씨의 손에서 꽈배기 봉투를 뺏어 들고 감사합니다,

하고 소리치며 골목으로 내달렸다.

가게는 골목 정중앙에 있었다. 방송을 타서 그런지는 몰라도 딱 그 가게만 사람들로 바글바글했다. 나이가 지긋해 보이는 사장님은 모두부를 먹기 좋게 칼로 숭덩숭덩 조각낸 다음 이쑤시개를 꽂아 사람들에게 하나씩 나눠 주고 있었다. 나는 사람들 틈바구니를 헤집고 들어서다가 엉겁결에 이쑤시개에 꽂힌 두부를 받아 들었다. 사장님은 정신없이 바빠 보였다. 손님들로 북적이는 인산인해의 현장 속에 두부 할머니는 없었다. 분주하게 손을 움직이며 두부를 포장하는 사장님에게 다가가자 사장님은 나를 흘긋 보며 건성으로 물었다.

"뭐 줄까?"

"모두부 하나요."

"잠깐만요."

재빠르게 봉지에 두부를 담아 내놓는 사장님의 솜씨는 감탄스러울 정도였다. 나는 그런 사장님에게 어떻게든 두부 할머니의 행방에 대해 묻고 싶었지만, 도무지 두부 할머니의 인상착의가 기억나지 않았다. 대신 할머니가 노래 교실에서 두부 가게 사장님을 만난 적이 있었다며 신기해했던 것이 생각났다.

“사장님.”

“네?”

“여기 맨날 두부 사러 오는 할머니 중에요. 노래 교실에서 만났던 할머니 기억나세요?”

“기억나죠.”

“오늘 못 봤어요?”

“봤어요, 아침에.”

“오후에는요? 방금 왔다 가진 않았어요?”

“아닐 텐데. 그래도 두부 사러 오면 나랑 한마디씩은 하거든. 근데 내 기억엔 없네?”

“잘 생각해봐도 없어요?”

“아, 없다니깐.”

사장님은 신경질적으로 대답한 뒤 더 이상 내 말에는 대꾸도 하지 않고 두부를 포장하기 시작했다. 결국 나는 인파를 헤치고 시장 밖으로 나왔다. 책임의 범위는 스스로 만들어나가는 거라고 생각해요. 내가 했던 말이 기어코 나에게로 되돌아오고야 말았다. 힘없이 언덕을 오르다 걸음이 빨라졌고 급기야는 다시 뛰기 시작했다. 지금 두부 할머니 댁에 가면 무슨 일이 있었느냐는 듯 두부 할머니가 소파에 앉아 나를 반겨줄 것만 같았다.

그렇게 현관 비밀번호를 누르고 아파트에 도착했을 때, 실내는 믿기지 않을 정도로 고요했다. 두부 할머니가 없는 집에 신발을 벗고 들어가 소파에 털썩 주저앉았다. 차게 식은 꽈배기 한 봉지와 두부 한 모를 거실 테이블에 툭 던져놓았다. 냉한 기운이 피부에 스몄고 내 집처럼 드나들던 이곳이 아주 낯설게만 느껴졌다. 두부 할머니의 온기가 절실했다. 이대로 두부 할머니가 영영 사라져버린다면…… 내 삶은 송두리째 망가져버리고 말겠지. 두부 할머니가 어떻게 됐을지 걱정은 하지도 않고 그런 생각부터 하는 스스로가 몹시 싫어졌다. 한숨을 쉬며 고개를 들었는데 거실 테이블 한구석에 작은 묵주 반지가 눈에 띄었다.

두부 할머니는 종종 내게 성당을 다니는 게 얼마나 우리 마음에 좋은 일인지 이야기하곤 했다. 그러면서 함께 성당을 다니는 친구들의 흉을 보기도 했다. 나는 신을 섬김으로써 생겨나는 좋은 마음에 대해 이야기하는 동시에 누군가의 흉을 보는 할머니가 어쩐지 웃기다고 생각했다. 일산 성당. 할머니가 매일 같이 미사를 보던 곳이었다.

*

사전 교육을 듣던 누군가 내게 질문을 한 적이 있다. 시터가 고된 노동이라고는 생각해보지 않으셨나요? 나는 그 질문을 받자마자 한 치의 망설임도 없이 대답을 내놓았다. 이 일은 고되다 못해 서러운 노동입니다. 가족 사이에 끼어들어 어느 정도의 친밀감을 형성하되, 분명한 선을 지켜야만 하고 가사 노동에 있어서도 어느 정도 제 몫의 일을 해야 하기 때문이죠.

어떤 사람은 돈을 주고받는 관계에 서러움이 생길 일이 뭐가 있느냐고 되물을 것이다. 하지만 가사 노동이란 게 그렇다. 하루에 반나절을 함께하면서 화투 치며 깔깔거리던 오 할머니는 내가 설거지나 빨래를 할 때는 한겨울에도 기어코 찬물만 쓰게 했다. 변실금이 심한 당신의 속옷을 빠는 일에 있어서도 그랬다. 물론 속옷을 빠는 것은 서비스에 포함되어 있지 않았지만, 당장 실수를 저지른 노인을 앞에 두고 별도리가 있겠는가. 우연히 들여다본 뮤 할머니의 휴대전화에는 내 번호가 '아줌마'로 저장되어 있었다. 서운했지만 할 말은 없었다. 할머니들에게 나는 집에서 일하는 아줌마가 맞으니까.

아무 사이

속상하고 화도 나지만 노인네들 앞에서는 입을 다물게 되기 마련이었다. 할머니들은 대부분 자신이 고수해온 삶의 방식을 굳게 믿었으니까. 어지간한 일들은 참고 견뎠고 애써 모른 척했다. 하지만 마음속에서 완전히 잊히진 않았다. 나도 모르는 사이에 가슴 한편에 켜켜이 쌓인 부정적인 감정이 일하는 내내 나를 괴롭혔다. 선뜻 다정해지는 것이 어려웠고 가볍게 웃어넘기기가 쉽지 않았다. 그럼에도 나는 할머니들을 사랑한다고 늘 생각해왔는데 그 이유는…… 그러지 않으면 이 일을 지속하기가 어렵기 때문이었다.

정말이지 나는 이 일을 잘하고 싶었다. 돈을 버는 것도 중요했다. 하지만 남들보다 잘할 수 있는 일이 생겼다는 건 내게 있어 다른 차원의 문제였다. 드디어 사회에 비집고 들어갈 자리를 마련했다는, 야트막한 기쁨을 느끼게 해주었기 때문이다. 언젠가 항상 같은 문제로 상사에게 꾸지람을 듣고 친구에게 불만을 토로한 적이 있었다. 그때 친구는 내게 이렇게 되물었다.

"희지야, 자꾸 반복해서 문제가 발생한다면 그건 네 업무 역량에 하자가 있는 거야."

친구는 아무렇지 않게 '하자'라는 단어를 사용했고 원한다면 내 업무 프로세스를 교정해줄 수 있다고 했다. 그건 진심 어린 호의였다. 무사히 사회에 적응해 안정적인 궤도에 올라탄 친구의 피드백.

성당에 도착했을 때는 막 미사가 끝난 참이었고 사람들이 삼삼오오 모여 예배당 밖으로 쏟아져 나오고 있었다. 나는 그들 사이에서 두부 할머니를 찾으려고 했지만 도통 보이지 않았다. 날이 어둑해지기도 했고 빠르게 지나가는 사람들 사이에서 기억해내려 애쓸수록 두부 할머니의 얼굴은 더욱 희미해졌다. 나는 무작정 성당에 들어가 남아 있는 사람들의 얼굴을 살피며 이리저리 돌아다녔다.

맨 앞자리에서 백발 머리를 뒤로 질끈 묶은 노인이 무릎을 꿇고 손을 모은 채 기도드리고 있었다. 나는 순간 그 사람이 두부 할머니인 줄 알고 미사포에 가려진 얼굴을 유심히 들여다보았다. 한참 기도를 드리던 노인은 손을 내리고 눈을 뜨자마자 깜짝 놀라서 작게 소리를 질렀다.

"어머."

"죄송해요. 아는 사람인 줄 알고."

"놀래라. 뭐, 그럴 수도 있죠."

"혹시…… 이순이 할머니라고 아세요?"

내 물음에 노인은 이순이, 이순이…… 하고 중얼거리며 골똘히 생각에 잠겼다. 그러다 짧은 탄성을 뱉으며 미소를 지은 뒤 내 양손을 맞잡았다.

"알았다. 우리 루시아 자매님 며느리구나."

"네?"

"저는 마리아예요. 익히 들었어요. 자매님한테 그렇게 열과 성을 다하신다고."

"아, 저는……."

"오늘 미사 보러 온다더니 안 왔네. 원래 한 번도 빠짐없이 오셨는데."

"안 오셨어요?"

"응, 왜요? 어디 갔는지 몰라? 내가 전화해볼까?"

"아니요. 괜찮아요."

주머니에서 휴대전화를 꺼내 드는 마리아 할머니에게 괜찮다며 과장되게 손사래를 쳐 보였다. 지금 전화를 걸면 내 주머니에서 벨소리가 울릴 텐데 그거야말로 참 당황스러운 상황일 터였다. 게다가 이미 며느리라는 오해까지 받았으니 이 상황을 바로잡기보다 빨리 자리를 뜨는 게 쉬운 해결책일 듯싶었다.

"저는 이만 가볼게요. 저녁을 차려야 해서."

"그런데 나 말이지, 궁금한 게 있어요."

"네?"

"왜 그렇게까지 잘해줘요? 솔직히 상부한 지 오래됐잖아."

상부라…… 입말로는 처음 들어보는 단어라 맥락을 파악하는 데 꽤 시간이 걸렸다. 그러니까 수영 씨의 남편이 죽은 지 오래되었다는 말이겠지. 수영 씨의 남편은 두부 할머니의 아들일 거고. 전혀 몰랐던 사실이다. 두부 할머니도 수영 씨도 그런 말은 내게 하지 않았다. 어쩌면 할 필요도 없고 들을 필요도 없는 말이었겠지. 나는 그저 고용된 사람일 뿐이니까.

그렇다 하더라도 나는 수영 씨가 직접 들었다면 했을 법한 말을 마리아 할머니에게 해주고 싶었다. 그게 내가 가진 최소한의 마음 씀씀이라는 생각이 들었기 때문이다. 나는 잠시 침묵하다가 마리아 할머니에게 속삭였다.

"제게 잘해주셨으니까요."

그런 다음 조용히 흘러내리는 마리아 할머니의 미사포를 걷어 손에 쥐여준 뒤 그 자리를 빠져나왔다. 다시 언덕을 오를 차례였다. 아파트에 가서 간단한 저녁 식사를 차려놓고 두부 할머니를 기다려야 했다.

*

어린잎을 씻어 접시에 먹을 만큼 올리고 아까 사 온 모두부를 숭덩 썰어 올려놓았다. 달큰한 간장 소스를 만들어 한 바퀴 반을 둘러주니 간단한 두부샐러드가 완성되었다. 두부 할머니는 늘 저녁을 간단하게 차려 드셨으니까. 한 그릇을 만들고 식탁에 올려둔 다음 반대편에 가만히 앉아 있었다. 그러다 문득 허기를 느끼고 벌떡 일어나 다시 주방에서 한 그릇을 더 만들어 왔다.

"잘 먹겠습니다."

공허한 인사말이 주인 없는 집의 공기 중으로 흩어졌다. 젓가락으로 두부를 집어 먹었다. 고소하고 담백한 두부의 맛에 정신이 조금 맑아지는 것 같았다. 사람이 참 간사했다. 그 와중에 집주인은 연락 한 통 없었다. 왜 항상 이렇게 나만 안달 난 걸까? 이 지경까지 온 게 전부 내 잘못일까? 내가 만든 프로세스는 언제부터 망가졌던 것일까?

당장 해결되지 않을 의문들만 가득한 상태로 허겁지겁 샐러드를 먹어치웠다. 그리고 휴대전화를 들어 천천히 번호를 눌렀다. 112…… 너무 늦은 걸까. 분명 늦은 거겠지. 하지만…… 그래도……. 그 순간 수영 씨에게 전화가 걸려왔다. 멍하니 휴대전화에 뜬 이름을 바라보고 있다가 간신히 전화를 받았다.

"여보세요?"

"희지 씨."

"네."

"어머니한테 초콜릿 사다 주지 말라고 했잖아요."

"네."

"속상하게 왜 자꾸 그러세요?"

"죄송해요."

"내가 희지 씨 일 잘하는 거 모르지 않아요. 그런데 가만 보면 마음이 너무 약하다니까."

"다음부턴 안 그럴게요."

"어머니는……."

"주무세요."

"네?"

"오늘 늦게까지 저랑 같이 있었거든요. 그냥 저도 시간이 남기도 해서 같이 있고 싶어서요. 그런데 미사 보고 오시더니 일찍 잠드시더라고요. 그래서 저도 이만 가려고요. 추가 수당은 안 주셔도 돼요."

"그게 무슨……."

정적이 흘렀다. 결국 거짓말을 하고야 말았다. 사실대로 말해야 한다고 생각했는데, 막상 수영 씨랑 통화를 하니 그게 마음처럼 되지 않았다. 한번 뱉은 거짓말은 막힘없이 술술 나왔다. 꼭 진짜인 것처럼. 수영 씨는 한동안 아무 말도 하지 않다가 나직한 음성으로 내 이름을 불렀다.

"희지 씨."

"네."

"어머님은 저랑 같이 있어요."

"네?"

"낮에 제가 차 태워서 병원 모시고 샀다가 우리 집으로 간다고 말했잖아요."

"……그랬나요."

불현듯 수화기 너머로 목소리가 잘 들리지 않아 건성으로 대답했을 때가 떠올랐다. 나는 더 이상 수치스럽지도, 서럽지도 않았다. 그냥 딱딱하게 굳어버렸다.

"희지 씨."

"네."

"다 괜찮아요. 괜찮은데……."

무언가 말을 하려다 말고 한숨을 길게 내뱉은 수영 씨와 나 사이에 침묵이 흘렀다. 나는 완벽하게 전의를 상실한 채로 수영 씨에게 속삭였다.

"저는 최선을 다했는데요."

"희지 씨, 그러지 말아요. 최선을 다하지 말라고요. 우리는 아무 사이도 아니에요. 정말로. 그래서 괜찮은 거예요."

수영 씨는 아마 모르겠지. 내가 할머니를 찾기 위해 오늘 어디를 어떻게 쏘다녔는지. 어떤 마음으로 스스로를 들쑤시고 자책했는지. 그건 아무래도 상관없었다. 수영 씨가 알아야 할 건 아니니까. 하지만 내가 느끼는 이 이상한 기분, 모멸감 같은 것들은 도대체 어떤 회로를 거쳐야 다스릴 수 있는 것일까? 나는 모든 일에 진심을 다했지만 그럼으로써 깎이는 마음을 도로 채우는 법은 도무지 몰랐다. 사람들에게 내가 가진 취약한 부분을 너무도 쉽게 들키고야 말았다. 누구도 내게 그런 말을 할 수 없도록 하는 건 나 자신이 해야 할 일이었는데.

전화를 끊고 반대편에 있던 샐러드 그릇을 마저 끌어왔다. 그것을 아주 천천히 먹어치우기 시작했다. 내일이면 아무 일도 없었던 것처럼 다시 이곳에서 두부 할머니를 마주하고 주말에는 교육장에 가서 아무것도 모르는 예비 시터들에게 돌봄 노동의 가치와 책임의 범위를 운운하겠지. 나는 그저 내가 가진 최소한의 것들을 지키고 싶었는데.

영주와 함께하는 자취방에서의 생활과 내 작고 높은 자부
심 같은 것들. 그렇게 생각하며 샐러드 그릇을 설거지하다
가…… 문득 내가 지키고자 했던 그 최소한의 것들이 내가
가진 전부라는 것을 인정할 수밖에 없었다. 그러니까 나는
그 최소한의 것을 지키기 위해, 오롯이 그러기 위해 온 힘
을 다해서 살아야만 하는 것이다.

두부 할머니의 휴대전화를 식탁 위에 올려놓고 한참을
바라보았다. 잠시 고민하다가 통화 목록에 있는 '며느리♥'
에게 전화를 걸었다. 신호음이 몇 번 울리고 수영 씨가 전
화를 받았다.

"여보세요?"

"수영 씨, 할머니 좀 바꿔주세요."

"왜요?"

"할 말이 있어요."

"저한테 하세요."

"아니요. 할머니한테 할 말이 있어요."

"제가 보호자인데요."

"그래서요?"

"하, 당신 정말……."

수영 씨의 언성이 높아지려던 찰나 수화기 너머에서 두

부 할머니의 목소리가 들렸다. 수영 씨와 두부 할머니가 아웅다웅하는 소리가 들리더니 결국 두부 할머니가 휴대전화를 받아 들었다.

"희지?"

"할머니."

"내가 전화기를 놓고 가서…… 많이 놀랐겠다."

정말 나를 위해주는 것만 같은, 그 다정한 목소리를 듣는 순간 터져 나올 것만 같은 눈물을 꾹꾹 참고 두부 할머니에게 말했다.

"할머니, 전화번호 아직 못 외웠죠?"

"그렇지."

"내일 또 외우는 거예요."

"그래, 알았다."

"그게 우리가 해야 할 일이에요."

그렇게 말하고 별다른 대답을 듣기도 전에 전화를 끊어버렸다. 나는 나름대로 두부 할머니와 나 사이에 어떤 의의를 두고 싶었다. 함께할 일을 만들면 결국은 같이 무언가를 하게 된다는 그 단순한 흐름이 우리 사이에 지속된다는 것을 재차 확인하고 싶었다. 나는 문득 두부 할머니의 휴대전화에 내 이름이 어떻게 저장되어 있는지 궁금했다. 연락처

목록에 들어가보니 '희지'라고 저장되어 있었다. 마치 백지처럼. 유희지도 아니고, 아줌마도 아닌 담백한 나의 이름, 희지. 나는 그걸 본 순간 앞으로 우리가 함께해야 할 일들이 있다는 것을 명백히 알아차렸다.

통신광장

영화 〈접속〉의 주인공 수현과 동현은 채팅을 통해 처음 만난다. 1984년 당시 천리안을 통해 전자사서함을 개설할 수 있었고 이후 1996년에 유니텔이 서비스를 시작했다. 윈도스에 적합한 유니텔은 금세 많은 사용자를 보유했으며 지금까지 남아 있는 유일한 2세대 PC통신 서비스이다. 〈접속〉이 1997년에 나왔고 수현과 동현은 그때부터 유니텔 통신광장을 통해 대화를 나눴으니 얼리어답터라고 할 수 있다. 또한 그 시절에는 사용 시간만큼 전화 요금을 부과했기 때문에 통신비 10만 원은 우스운 정도였다. 동현이 수현과 채팅하는 장면을 자세히 살펴보면 컴퓨터 옆에는 늘 꽁초가 쌓여 있다. 그만큼 컴퓨터 앞에 앉아 있는 시간이 많았던 것이라고 가정한다면 동현은 통신비를 아끼지 않는 사람이라는 걸 알 수 있다.

말하자면 나는 포털사이트 세대이다. 열 살쯤 처음으로 주니어네이버에 가입한 것이 내 최초의 통신 경험이다. 아빠는 나를 무릎 위에 앉혀두고 아이디를 만들어주었다. 지금까지도 그 아이디를 사용한다. 현재 나는 전 세계에서 유저들이 가장 많은 숙박 사이트의 모바일 상담원으로 근무한다. 채팅을 통해 각국 사람들의 컴플레인을 매뉴얼대로 해결하고 본사의 입장을 최대한 친절하게 설명한다. 보통 화상 카메라를 켜놓은 채로 집에서 업무한다. 팀장은 하루에 한 번씩 불시로 직원들에게 원격제어를 걸어 일을 제대로 하고 있는지 확인한다. 문제 처리 건수는 하루에 여든 개를 채워야 한다. 그래서 말꼬리를 물고 늘어지는 고객이 있으면 그날 하루는 최악이다. 최대한 신속하게 처리하는 것이 목표이기 때문에 고객의 사사로운 요구에 일일이 대응하는 데 한계가 있다.

영화 속 수현 또한 나와 비슷한 직업을 가지고 있다. 다만 통신 방법이 다르다. 쇼핑몰 회사에서 텔레마케터로 일하는 수현은 주로 전화로 문제를 해결한다. 애인에게 줄 선물을 고민하는 남자에게 이런저런 이벤트를 권할 정도로 다정한 사람이다. 안구건조증이 심해 인공 누액을 시시때때로 넣어야 하는 사람이기도 하다. 수현은 어떤 상황에서도 온 마음을 다한다. 짝사랑하던 기철을 만나러 포항까지 비행기를 타고 갔다가 키스를 한 뒤 달아나 택시를 탄다. 그리고 말한다. 서울이요. 수현은 얼리어답터인 동시에 택시비 따위로 선택을 바꾸지 않는 사람임에 틀림없다.

여인2와 해피엔드.

수현과 동현의 유니텔 아이디다. 유니텔은 포털사이트로 전환되었고 여전히 열려 있다. 2010년 이후 신규 가입은 불가능했지만 나는 기존 플래티넘 유저들을 추적해서 수현과 동현이 사용하던 아이디가 아직 남아 있는 것을 확인했다. 비밀번호를 알아내는 것은 어렵지 않았다. 통신광장에서 그들은 영원히 여인2와 해피엔드로 남아 있었다. 나는 해피엔드의 계정으로 접속해 여인2와 대화한 기록들을 빠짐없이 훑었다. 여인2는 통신 용어를 꽤 자주 썼다. 해피엔드가 대화방에 입장하면 '안냥' 혹은 '어솨여'라고 인사를 건넸다. 또 여인2는 해피엔드가 술에 취해 채팅을 하면 단번에 알아차렸다. 도사가 되면 글자에서도 냄새를 맡을 수 있다고 했다. 나는 종종 수현은 왜 도사이면서 글자 냄새를 맡지 못하고 피카디리극장 앞에서 오지 않을 동현을 기다렸을까 생각했다.

업무 시간이 끝난 지 오래였지만 일본인 한 명이 계속

해서 이미 숙박한 숙소에 대해 환불을 요구하고 있었다. 바퀴벌레가 나왔다는 이유에서였다. 나는 환불은 어렵고 호스트가 바퀴벌레 박멸에 대한 조치 계획을 보내오면 그걸 송부해주겠다고 전달했다. 10퍼센트 숙박 할인권과 함께. 그러자 일본인은 두려웠단 말을 반복적으로 사용하며 두려웠던 것에 대한 조치를 취해달라고 했다. 나는 그 일본인에게 먼저 두려웠던 것에 대한 진심 어린 사과를 전한다고 이야기한 뒤에 본사와 논의해서 다시 연락을 드려도 되겠느냐고 물어보았다. 그러자 일본인은 마지못해 알겠다고 하며 대화를 종료했다. 그 순간 노트북에서 익숙한 전자음이 들렸다. 통신광장의 알림음이었다.

귀하에게 수신된 편지가 있습니다.

여인2: 잘 지내셨죠.

여인2가 짧은 인사와 동시에 나를 대화방에 초대했다.

여인2: 그거 알아요?

여인2: 난 우리가 다시 통신할 줄 알았어요.

망설이다가 여인2에게 메시지를 보냈다.

해피엔드: 당신 누구죠?

여인2: 저는 수현이었던 사람이에요.

나는 한참을 망설이다가 대답했다.

해피엔드: 저는 동현이었던 사람이 아닌데요.

여인2: 하지만 당신이 해피엔드인 건 확실하니까요.

나는 여인2가 정말 수현이라고는 생각하지 않았다. 다만 그게 누구인지는 몰라도 여인2를 만나기 위해 유니텔에 접속했다. 여인2도 마찬가지인 것 같았다. 닫힌회로에 전류가 흐르듯 그곳엔 영원히 잔류하는 존재들이 있을 거라고 생각했다. 오류들은 나름의 질서를 지닌다. 전화회선의 잡음 속도가 일정하듯. 말하자면 여인2는 오류이다. 나 또한 오류이기에 우리의 만남은 오류가 오류를 만난 셈. 어떤 이는 모니터가 창문의 대용품이라고 했다. 실제 삶은 늘 실내에서 이루어지고 가상공간은 아주 훌륭한 야외라고. 하지만 우리 같은 사람들은 그렇지 않다. 실제 삶은 늘 가상공간에서 이루어지고 우린 때때로 창문을 통해 현실 공간을 환기한다. 모니터 속 그래픽이 바로 삶의 터전인 셈. 오류가 오류를 만난 셈이지만 사실 그게 바로 터전에서의 시작일지도 모르니까.

*

나와 여인2는 온종일 연락을 주고받았다. 주로 광장에

서 통신했지만 종종 전자메일을 사용하기도 했다. 여인2에게는 벨벳 언더그라운드의 앨범이 없었지만 나에게는 있었기 때문이다. 벨벳 언더그라운드의 앨범은 〈접속〉의 배경 음악으로 사용되었다. 나는 오래전 직거래로 그 앨범을 구매했다. 판매자는 구매했을 당시 앨범에 이름을 적어둔 것 때문에 꽤 싼값에 넘겨주었다. 나는 여인2에게 직접 녹음한 음악 파일을 전자메일로 보내주었다. 여인2는 노래를 듣다 보면 내 숨소리도 가끔 들린다고 했다. 그게 꼭 노래의 일부처럼 들려 더 좋다고 말해주었다.

우리는 많은 이야기를 나누었다. 나는 사실 486컴퓨터를 사용해본 적이 한 번도 없다고 밝혔다. 윈도스97을 사용한 것이 내 첫 통신 경험이라는 것도. 그러자 여인2는 예의 그 다정한 이모티콘과 함께 286컴퓨터에 명령어를 입력해서 미니 게임을 하던 시절에 관해서 이야기해주었다. 책에 있는 코드를 줄줄 입력해야만 게임을 실행할 수 있었던 때. 여인2는 게임을 하기 위해 밤새 코드를 입력했다. 가장 즐겨하던 게임은 '버블보블'이라고 했다.

여인2: 스테이지 100을 클리어하면 버블룬과 보블룬이 페티와 베티를 구하게 되죠. 근데 그건 진짜 엔딩이 아니에요.

해피엔드: 그럼요?

여인2: 스테이지 20으로 돌아가서 비밀 코드를 해독해야 해요.

해피엔드: 그 코드가 뭐예요?

여인2: 비밀이라니까요.

해피엔드: 시시해요.

여인2: 부탁할 게 있어요. 부탁을 들어주면 알려드릴게요.

해피엔드: 뭔데요?

여인2: 나중에 말씀드릴게요.

모바일 버전의 버블보블 클래식을 다운받았다. 버블룬은 입을 열었다 닫으며 비눗방울을 퐁퐁 뿜었다. 그 어처구니없을 만큼 연약해 보이는 비눗방울에 악당들이 갇혔다. 보블룬을 조작할 사람은 없었기에 나는 버블룬 한 마리로 게임을 해야 했다.

해피엔드: 같이하면 좋을 텐데요.

여인2: 혼자 하면 조금 비참하죠.

해피엔드: 영화 속에서도 두 사람이 그런 얘기를 나눈 적이 있잖아요. 기억나요?

여인2: 그럼요. 혼자여서 비참할 때에 대해서 얘기했잖아요.

여인2: 여인2가 말했죠.

여인2: 텔레비전에서 방영하는 영화 보다가 졸았을 때 비참하다고.

해피엔드: 졸고 일어났는데 엔드(End) 자막 뜨면 더욱더 비참하죠?

해피엔드: (^–^)

여인2: (^–^)

우리는 영화를 보기로 했다. 동시에 영화를 켜고 엔드 자막이 뜨는 순간부터 감상을 나누기로 했고, 보는 내내 밀려오는 졸음을 참느라 혼났다. 엔딩 크레디트가 올라가는 순간 여인2에게 포토 메시지가 왔다. 둔덕이 새하얀 눈으로 뒤덮인 사진과 고딕체 메시지. 마침 우리도 8월. 함께 8월의 크리스마스를 보내요. 그렇게 나와 여인2는 오랜 시간 대화를 나누었다. 주로 한석규에 대한 이야기들. 한석규가 당시 정말 많은 영화에 출연했다는 것과 삼성 그린컴퓨터486 광고에도 나왔다는 것. 그러다 종국에는 시간이 참 이상한 방식으로 흘러간다는 결론에 다다랐다. 실재하는 한석규의 시간은 흘러가지만 일정 세계 속 한석규는 끊임없이 되풀이되었으니까. 모두 다른 방식으로.

나는 며칠간 출근을 하면 어김없이 두려웠던 것에 대한 조치를 바라는 일본인과 씨름해야 했다. 일본인은 바퀴벌레를 본 이후로 불안장애가 생겼다면서 내게 진단서를 보내왔다. 상부에 보고한 결과 팀장은 두려웠던 것에 상응하는 재화로 보상을 해도 되겠느냐고 여쭤보라 했다. 가급적

전액 환불은 피해야 하며 30퍼센트 숙박 할인권으로 일을 끝낼 수 있도록 몇 번이고 일렀다.

하지만 일은 그런 식으로 진행되지 않았다. 일본인은 할인권 따위 바라지 않으며 자신의 두려움을 어떤 방식으로 잠재워야 할지 모르겠다고 되풀이할 뿐이었다. 그 바퀴벌레랑 마주치고 나서 내 인생의 모든 게 흔들리기 시작한 것 같아요. 시간이 고무줄처럼 늘었다가 줄어들고 내가 평평한 바닥에 서 있는 느낌이 아니라 비스듬한 곳에 서 있는 느낌이 들어요. 나는 차라리 원하는 게 뭐냐고 물어보고 싶었다. 바퀴벌레 한 마리를 본 것에 얼마나 대단한 보상을 바라느냐고.

내가 일본인에 대한 이야기를 들려주자 여인2가 말했다.

여인2: 저는 동시에 다른 시간을 살 수 있다고 믿어요.

해피엔드: 글쎄요. 그렇다고 그 남자가 정말 바퀴벌레를 보고서 그렇게 됐다는 건 좀 무리가 있는 것 같아요.

여인2: 굳이 해답을 내려고 하지 말아요.

해피엔드: 그게 제 직업인걸요.

여인2: 알았어요.

여인2: 다만 완벽한 해답을 줄 수는 없어요. 저는 통신광장 속에서 영원히 안주하고 싶지만, 당신은 그러지 않았으면 좋겠다고 생각해요.

　　나는 그 말이 몹시 상투적이라고 생각해서 쏘아붙였다. 당신은 이곳에 남아 있기를 원하면서도 그런 식의 말이 남을 위하는 거라고 생각하나요? 여인2는 그런 의미가 아니라고 했다. 나는 여인2가 약간 화나 있음을 느꼈다.

　　여인2: 우리가 대화할 때 같은 지점을 명중할 수 있을 거라곤 생각하지 않아요.

　　먼저 대화방을 나간 것은 여인2였다. 나는 홀로 대화방에 남아 통신광장에 남고자 하는 여인2의 삶에 대해서 생각해보았다. 어떤 켜들이 그녀의 삶을 이루고 있기에 그런 완고한 사람이 되어버린 걸까. 나는 여인2를 만나고 싶었다. 여인2와의 대화가 이대로 끝나는 건 있을 수 없는 일이었다. 자판을 두드려 전달하고 싶은 문장을 입력했다. 한동안 그 문장을 물끄러미 바라보다가 여인2에게 보냈다.

　　해피엔드: 만나고 싶어요.

　　손끝이 차가워 주먹을 쥐었다 폈다. 만나서 뭘 어쩌겠다는 건지, 내가 무엇을 원하는지 알 수 없었다.

여인2는 며칠 뒤 나를 집으로 초대했다. 그리 멀지 않은 곳이었다. 지하철을 타고 30분 거리. 하지만 지하철을 타는 것조차 오랜만이었다. 손이 시려 장갑 한 켤레를 사야겠다고 생각했다. 여인2의 동네에는 오래된 문구점이 있었고 그 앞에는 소형 오락기도 있었다. 그렇지만 게임을 하는 아이들은 없었다. 나는 쭈그려 앉아 동전을 넣고 게임을 했다. 얼마나 했을까. 저 멀리서 어린아이가 다가왔다. 처음에는 기웃거리며 눈치를 보더니 결국 쭈그려 앉은 채로 내가 게임하는 모습을 열심히 구경했다. 지루해졌을 즈음 자리에서 일어나는데 아이가 내 옷자락을 붙잡았다. 그러면서 한 손을 내밀었다. 동전 몇 개가 작은 손바닥 위에 쌓여 있었다.

"더 해주세요."

"직접 하지 그래."

"저는 못해요. 구경만 좋아해요."

나는 아이의 손바닥 위에 주머니 속 남은 동전을 얹어주었다.

"직접 해봐."

가파른 언덕을 넘고서야 비로소 아파트 단지 입구가 나

왔다. 여인2가 꼭 마을버스를 타라던 이유가 있었다. 동과 호수를 여러 번 확인하며 집 앞에 도착했다. 벨을 누르려는데 인터폰에서 미세한 잡음이 들렸다. 누군가 나의 모습을 확인하고 있었다. 가만히 기다렸다. 문이 열렸다. 단발머리의 중년 여자가 내게 인사했다. 여인2가 아니었다. 여자는 내게 녹차를 권유했고 나는 거절했다. 햇볕이 잘 드는 작은 평수의 아파트. 모든 가전은 있을 만한 자리에 전부 있었지만 딱 하나, 텔레비전은 없었다. 잠시 소파에 앉아 있으니 여자가 물 한 잔을 건넸다. 나는 한 모금을 마시고 내려놓았다. 비렸다. 수돗물이었다.

여자는 나를 방으로 안내했다. 베드테이블 위에 커다란 모니터가 흉물스럽게 놓여 있었다. 높다란 등받이가 놓인 침대. 그 침대에 앉아 있는 사람. 여인2. 삐죽 솟은 짧은 머리에 마른 얼굴이 유난히 하얗게 보였다.

"기대한 사람이 아닌 거 알아요."

그렇게 말하는 여인2의 발등에 유독 시선이 갔다. 다섯 개의 발가락뼈가 다 드러나고 파란 핏줄이 도드라진 발등. 여인2는 이내 두 발을 이불 속에 넣었다. 오랫동안 외출을 하지 않았다고 하면서 내게 위성 지도를 보여주었다. 오면서 지나쳤던 길이었다. 여인2는 화살표를 누르면서 능숙하게 자신의 집 방향을 찾았다.

"산책 중."

그렇게 말하고 여인2가 장난스러운 눈빛으로 나를 쳐다보았다. 눈을 마주치는 것이 어색했다. 직접 낯선 사람을 마주한 것은 아주 오랜만의 일이었다. 소리 내어 웃어놓고 어설프게 웃은 것 같아 신경 쓰였다. 노크 소리가 들리고 이내 여자가 차를 가져왔다. 차는 한 잔이었다. 여자는 찻잔을 베드테이블 위에 내려놓은 뒤 여인2의 열을 재고 혈당 측정기로 혈당도 체크했다. 이어 여인2의 머리를 가볍게 쓸어 넘기고 옷매무새를 가다듬어준 뒤 방을 나갔다.

"간병인이에요."

여인2는 유니텔에 접속해 우리가 나눴던 대화들을 보여주었다. 마치 자신이 정말로 여인2라는 것을 증명이라도 하듯. 나는 메고 온 가방에서 벨벳 언더그라운드의 앨범을 꺼내 여인2에게 주었다. 여인2는 앨범을 손에 들고 이리저리 돌려가며 살펴보더니 뒷면의 희미한 이름을 가리켰다.

"제 이름이에요."

오래전 여인2가 처분한 앨범이라고 했다.

내가 앨범을 거래했을 당시는 여름이었다. 낯선 사람을 만나는 것이 두려워 일찍부터 만나기로 한 장소 근처를 서성거렸고 도착했다는 메시지를 보자마자 도망치고 싶어졌다. 그런데도 끝내 거래를 할 수 있었던 것은 그 남자 또한 주변을 한참 서성거리던 사람이었기 때문이다. 여인2는 내가 거래했던 사람이 전남편이었을 거라고 했다. 남편에게 주었어요. 우린 그 영화를 참 좋아했거든요. 근데 남편은 그걸 팔아버렸고. 왜 사람들은 헤어지면 꼭 물건을 버리죠?

그러게요. 내가 말하자 여인2가 힘없이 웃더니 기침을 했다. 문밖에서 기척이 들렸다. 여자인 것 같았지만 들어오지는 않았다. 여인2는 수신함을 열어 수현과 동현이 주고받았던 편지들을 보여주었다. 이미 다 봤던 편지였다.

여인2는 이 편지 중 자신이 삭제한 편지가 있다고 했다. 수현과 동현이 마침내 통신광장이 아닌 현실에서 만나기로 약속했을 때. 동시에 동현이 오래전 짝사랑하던 여자가 죽었다는 소식을 알게 됐던 그 순간. 영화 속에서 수현은 그 사실을 모른 채 피카디리극장 앞에서 오래도록 동현을 기다린다. 여인2는 동현이 수현에게 기다리지 말라는 메시지를 보냈지만 자신이 그 메시지를 삭제했다고 했다. 분명 영화 속에서 수현은 어떠한 메시지도 받지 못한 채 피카디리극장 앞을 서성였다.

"왜 그랬는데요?"

내가 묻자 여인2는 고개를 천천히 왼쪽으로 기울였다.

"글쎄요."

"말도 안 되는 건 둘째 치고. 왜 삭제했냐고요."

"모든 걸 보여줄 필요는 없거든요."

새침하게 말하고 여인2는 다시 주고받은 편지를 훑어보았다.

금세 해가 저물고 있었다. 창밖으로 노을빛이 새어 들어왔다. 여인2의 하얀 스웨터가 주황으로 물들었다. 창문 밖이 현실이라면 나와 여인2가 있는 이곳은 가상공간에 가까울 것이다. 오류에도 질서가 있다. 질서가 있다는 것은 뻗어나간다는 것이다. 저마다의 세계는 어떤 모양을 띠고 어디론가 뻗는다.

"어느 날 자고 일어나니까 내가 전혀 다른 사람이라는 걸 깨달았어요."

"당신이 수현이었던 사람이라는 걸요?"

"맞아요. 그걸 알게 됐어요."

"어떻게 아는데요?"

"아귀 맞듯 모든 것이 맞춰져요, 머릿속에서."

여인2는 어깨를 으쓱하고는 몸을 침대에 기댄 채로 고개를 약간 숙였다. 몹시 피곤해 보였다. 나는 조금 더 이야기하고 싶어 모른 척했다. 얼마 후 여자가 들어왔고 능숙하게 침대 밑의 레버를 돌려 여인2를 눕혀주었다. 그리고 나를 향해 조용히 고개를 저었다.

현관 앞까지 여자가 배웅해주었다. 배웅이라고 하기 무색할 정도로 여자의 표정은 건조했다. 여자는 내가 엘리베이터를 탈 때까지 아무 말도 하지 않다가 문이 닫힐 때쯤 저기요, 하고 불렀다. 나는 급하게 열림 버튼을 눌렀고 엘리베이터는 천천히 열렸다. 여자가 나지막이 물었다. 혹시 절 간병인이라고 소개하던가요? 센서 등이 꺼진 아파트 복도. 여자가 어떤 표정인지 알 수 없었다. 결국 거짓말을 하고야 말았다.

"좋은 사람이라던데요."

돌아오는 길. 다시 오래된 문구점 앞을 지났다. 오락기 앞에는 아이가 없었다. 다만 조이스틱 옆에 동전이 가지런히 쌓여 있었다. 평생 구경만 할 셈이니. 소리 내어 물어보았다. 아무도 없으니 아무도 대답하지 않았다.

집에 돌아와 일본인이 컴플레인을 걸어온다면 사비를 써서라도 그의 요구를 들어주겠다고 다짐했다. 어쩐지 나와 비슷한 사람이라는 생각이 들어서였다. 하지만 그날 이후 일본인은 어떤 문의도 해오지 않았다. 두려웠던 것이라

함은 당시에 두려웠던 심정에 대한 말일까 아니면 그 두려움으로 말미암아 사뭇 달라진 자신의 상태에 대한 말일까. 어찌 됐든 나는 그 일본인이 바퀴벌레에 대한 조치를 바라지 않는다고 확신했다. 그 또한 그것이 이미 지나가버린 사건이라는 건 명료하게 알고 있을 터였다. 나는 그렇게 나의 개인적인 삶에 대해 생각해보다가, 멋대로 틈입해버린 여인2를 떠올리다가, 세상에 평평한 공간은 어디에도 존재하지 않는다는 것에 새삼스러워했다.

*

사실 나는 오래전에 골목길을 지나다가 누군가에게 폭행당하는 사람을 본 적이 있다. 가해자가 도망가던 그 순간까지 나는 얼어붙어 아무것도 하지 못했다. 간신히 경찰에 신고했지만, 그것을 목격한 것 자체로 공범이 된 듯한 기분에 사로잡혔다. 그 이후로 어쩐지 현실의 인간보다 모니터 속 인간을 더 신뢰하게 되었다. 그런 이야기를 일본인에게 해줄 수는 없었지만, 어쨌든 메일을 보냈다. 다시 생각해보니 당신이 겪은 일은 전혀 개인적인 문제가 아니며 도움을 줄 수 있는 방향에 대해 고민해보겠다고 했다. 그러니까 보상이라는 말은, 내가 하고 싶었던 말이 아니었다고. 그러니까 보상보다는…… 다른 말이 좋았을 거라고. 그러고 나서 수시로 메일함을 들여다봤지만 역시나 답은 오지 않았다.

한동안 여인2 또한 나를 대화방에 초대하지 않았다. 여러 번 편지를 보냈는데도 답장이 없었다. 여인2의 집에 초대받은 이후 단 한 번도 밖으로 나간 적이 없었다. 나는 이제 수현이 아닌, 수현이었던 사람이 보고 싶었다. 동현이었던 사람이 되고 싶었지만 어떻게 할 수 있는지 알 수 없었다. 계단에서 구를까, 하고도 생각해봤다. 그렇게까지 하는 건 좀 우스웠다.

도무지 시간이 가지 않아 온종일 게임만 했다. 음식은 시키면 되었고 재택근무 특성상 밖에 나갈 일도 없었다. 버블보블은 생각보다 어려웠다. 스테이지마다 공략이 있었지만 공략집은 보지 않기로 했다. 가끔 수신함을 확인할 때 빼고는 버블룬을 붙잡고 씨름했다. 무턱대고 버블을 만들어서 되는 것이 아니었다. 필요한 만큼 버블을 만들어야 했다. 악당이 다가오는 순간이 두려워 버블을 많이 만들면 되레 버블룬이 수많은 버블에 갇혀 오도 가도 못하게 됐다.

해피엔드: 어떻게 하면 스테이지 100을 깰 수 있죠?

여인2에게 다시 편지를 보냈다. 여전히 답이 없었다.

여인2는 자는 시간을 빼놓고는 늘 통신광장에 접속한다고 했는데. 만나지 않는 것이 좋았을까. 하지만 나는 살면서 너무 많은 것을 흘려보냈다. 그래서 더 이상은 그러지 말아야겠다고 다짐했을 뿐인데. 무료한 나머지 〈접속〉을 다시 봤다.

수현이 아닌 여인2가 자꾸 생각났다. 파란색 화면에 뜬 여인2의 가지런한 글자를 몇 번이고 돌려 보았다. 동현이 첫사랑을 찾는다는 걸 알고 수현이 건넨 위로. 나는 이제 와서 그 모든 말이 여인2가 내게 보내는 메시지인 것처럼 느껴졌다.

여인2: 찾고 있는 그분 말이에요. 아마 만나게 될 거예요.

영화 속 수현이 첫사랑을 잊지 못하는 동현을 위로하는 장면이었다.

여인2: 어느 쪽이든 애타게 찾고 있다는 건 인연이라는 증거거든요.

여인2: 만나야 할 사람은 반드시 만난다고 들었어요.

여인2: 전 그걸 믿어요.

뒤이어 해피엔드의 답장.

해피엔드: 끝내 어긋나는 만남도 있어요.

해피엔드: 하지만 나도 그 말을 믿고 싶군요.

영화를 보면서 이상한 점을 발견했다. 수현이 동현에게

바람맞은 뒤 돌아와 수신함을 살펴보던 장면. 수신함의 일련번호가 달랐다. 19번 편지가 없었다. 18번 편지 다음 바로 20번 편지로 넘어갔다. 하지만 수현은 그저 편지들을 차례차례 클릭하며 확인할 뿐이었다. 19번 편지만 사라졌다는 것을 알지 못한 듯 무심하게 지나쳤다. 수십 번도 넘게 본 장면인데 왜 지금에서야 발견한 걸까. 웃음이 나왔다. 내가 여인2에게 가지고 있는 믿음이 너무도 무모한 것 같아서. 그 순간 알람음이 들렸다. 여인2가 나를 대화방에 초대했다.

여인2: 혼자서는 스테이지 100을 깨지 못해요.

여인2: 버블룬과 보블룬이 모두 필요하거든요.

나는 메시지를 받고 잠시간 희망적이었는데, 왜냐하면 여인2의 말이 꼭 자신이 보블룬이 되어주겠다는 말처럼 읽혔기 때문이다.

여인2: 비밀 코드를 알고 싶다면 내 부탁을 들어주세요.

모든 걸 보여줄 필요가 없다는 말은 온 마음을 다한다는 걸 들키고 싶지 않다는 말. 그 틈에 숨겨진 많은 것. 우리는 드러낼 수 없어서 대신 드러내어 보여주는 이야기를 사랑하고 그런 이야기에 저마다 제목을 붙인다. 나는 몰래몰래 늘 그런 것을 기대해왔을지도.

*

　남대문시장 좌판에서 장갑 두 켤레를 샀다. 한 켤레는 그 자리에서 끼고 다른 한 켤레는 주머니에 넣었다. 여인 2는 벨벳 언더그라운드의 앨범을 돌려 달라고 했다. 그러면 비밀 코드를 알려주겠다고. 다시 찾아갈 구실이 생겨 기뻤다. 오래된 문구점 앞을 지나는데 오락기가 없었다. 문구점 안으로 들어가 모나미펜 한 자루를 샀다. 오락기가 사라졌네요. 그러자 주인 할아버지가 팔아버렸다고 했다. 아무도 안 해요. 여기도 곧 닫아요. 나는 할아버지의 푸념을 들으며 서 내가 안락하다고 느끼는 모든 것은 더 이상 사람들이 안락하다고 느끼지 않는 것들임을 실감했다. 그러면서 여인 2가 운운했던 현실에 대해 조금이나마 생각해보았다.

　여자가 문을 열어주었다. 이번에도 나를 곧바로 방으로 안내하지는 않았다. 얌전히 소파에 앉아 물이 끓어오르는 소리를 들었다. 여자는 두 잔의 녹차를 타서 식탁 앞에 앉았다. 내게 손짓해 다가와 앉을 것을 권유했다. 우리는 한동안 말없이 녹차를 마셨다. 나는 가방 안에서 벨벳 언더그라운드의 앨범을 꺼내 여자에게 건넸다. 당신에게 전해주라고 했어요. 민영이가요? 여인2의 이름. 수현이 아닌 민영.

여자는 앨범을 받아 들고 한참을 살피더니 내려놓았다. 그리고 찐 밤을 내왔다. 나는 여자와 찐 밤 따위를 먹고 싶은 게 아니었다. 하지만 여자는 과도로 천천히 밤을 갈라 반쪽을 내게 주었다.

"그땐 당신이 미웠어요."

여자는 티스푼으로 밤을 긁어 먹었다. 나는 무슨 말을 해야 할지 몰라 여자가 건네준 밤을 똑같이 티스푼으로 파먹었다.

"민영이는 갑자기 그렇게 됐어요."

"그렇게요?"

"이상한 소리를 했어요. 자신이 아직도 90년대를 사는 것처럼."

"직접 만나서 얘기하고 싶어요."

여자는 그저 웃었다. 나는 자리에서 일어나 여인2의 방으로 갔다. 노크했지만 대답이 없었다. 한참을 기다리다가 문을 벌컥 열었다. 여인2는 없었다. 베드테이블은 사라졌고 빈 침대만 남아 있었다. 창문은 반쯤 열려 있어 방 안에 한기가 돌았다. 이제 보니 여인2의 방에는 가구가 정말 없었다. 옷장도, 책상도 없었고 그저 침대 머리맡에 놓인 서랍장과 작은 스탠드가 전부였다.

"민영인 없어요."

여자는 그렇게 말하고 여인2의 침대에 걸터앉아 구겨진 베갯잇을 반듯하게 폈다. 그러면서 내가 자신에게 거짓말했단 걸 알고 있다고 했다. 그게 거짓말임을 알면서도 고마웠다고 운을 뗐다. 밉다고 생각했던 게 무색해졌다며. 사실 민영은 중증의 인지장애를 겪고 있었다고 했다. 점점 기억이 흐릿해진다는 걸 몹시 괴로워했다고. 그러면서 여인2가 며칠 전 지인과 함께 모스크바로 떠나 인체 냉동 보존 서비스를 받았다는 사실을 알렸다. 여자는 머지않은 미래에 치매가 감기처럼 약을 먹고도 나을 수 있는 질병이 될 거라 믿고 있었다. 우린 결정을 내리기까지 오랜 시간 고민했어요. 그렇게 말하면서 여자는 울고 있었다. 이내 목을 가다듬고 내게 물었다. 정말 이게 삶에 최선을 다하는 방식이라고 생각하세요? 여전히 모르겠어요. 우린 10년이 넘도록 함께했는데.

나는 서로 같은 지점을 명중할 순 없다던 여인2의 말을 떠올렸다. 그렇지만 입 밖으로 꺼내어 말하지는 않았다. 여인2가 정말 미래에서 깨어난 거라면 지금쯤 어디에 도달했을까. 닫힌곡선을 이용하면 공간을 구부려 과거에도 도달할 수 있다는 애기를 들은 적 있었다. 그런 가설들은 전부

미스터리였고 나는 그저 미스터리란 미스터리여서 아름다운 것이라고 생각했는데. 비밀 코드는 알 수 없게 되었다. 그러니까 나는 영원히 버블보블 클래식을 클리어하지 못하게 된 셈이었다. 외투 주머니에서 아까 샀던 장갑 한 켤레를 꺼내 여자에게 주었다. 그리고 말했다. 바깥 공기를 좀 쐴까요.

*

산책로를 걸었다. 여자와 나는 같은 장갑을 낀 채로 길을 따라 걸었다. 공기는 차갑고 깨끗했다. 코가 시렸지만 손은 따뜻했다. 여자는 내게 이런저런 것을 물어보았다. 나는 가족이 지방에 있고 혼자 살며 직장에 다닌다는 얘기들을 했다. 나는 여자에게 그런 것을 물어보지 않았지만, 여자도 이런저런 것들을 말해주었다. 여인2와 여자는 오래된 연인이었고 여인2가 아프고 난 이후로 둘 다 직장을 그만두었으며 모아둔 돈이 꽤 있어 사는 데는 힘들지 않았고 가족과는 절연했다는 얘기들. 나는 잠자코 듣다가 입을 열었다.

"통신광장 속에 남고 싶다고 했어요."

"민영이는 살기 위해 뭐든 할 수 있어요."

"과거로 돌아가고 싶은 걸까요."

"살기 위해 미래를 선택한 거죠."

"저에 대해서는 뭐라고 하던가요?"

"얘기한 적 없어요."

더 이상 여인2와 나 사이에 무엇이 오고 갔는지 가늠할 수 없었다. 여자는 장갑을 껴놓고도 주머니에서 손을 빼지 않았다. 나와 여자는 산책로를 벗어나 전철역 근처로 걸어갔다. 벌써 새해를 기념하는 플래카드가 보였다. 벌써 한 해가 흘렀구나. 그런 생각 따위는 더 하지 않기로 했는데. 거리는 한산했다. 여인2는 어떤 세상을 살고 싶은 걸까. 미래를 거쳐 다시 PC통신을 하던 시절로 돌아가려는 걸까. 아니면 그저 건강한 몸을 다시 얻고 싶은 걸까. 그렇지만 인체 냉동 보존 서비스는 있어도 아직 온전한 해동 기술은 개발되지 않았다. 나는 좀 더 여인2에 대해 생각하고 싶었지만, 여자는 별로 그럴 틈을 주지 않았다.

"난 할 만큼 했어요."

"제가 무슨 생각으로 여기 왔는지 모르겠네요."

"왜요. 민영이가 그랬어요. 다정한 사람이라고."

"얘기한 적 없다면서요."

"기억이 안 났어요."

여자는 허기가 진다며 햄버거 가게에 들어갔다. 햄버거를 먹으면서 계속 여인2에 대한 이야기를 나눴는데 이상하게 나른하고 졸렸다. 여자는 말하는 중간중간 울음을 참으려는 듯 코를 찡긋거렸다. 그러면서도 햄버거는 잘 먹었다.

"저는 여인2가 그쪽이 말하는 민영 씨하고는 완전히 다른 사람이라고 생각해요."

내가 말하자 여자는 소리 내어 웃음을 터트렸다. 나는 귀가 뜨거워졌지만 티 내지 않으려 노력했다.

"낭만적인 사람은 자기 세계에 대한 무모한 확신 같은 게 있거든요. 그게 웃기기도 한데, 이해는 돼요."

여자가 눈을 찡긋거리고 다시 말을 이었다.

"솔직히 말할게요. 저는 민영이가 돌아올 거라고 믿어요."

"어떻게요?"

"그걸 제가 어떻게 알겠어요. 어쨌든 그래서 괜찮아요."

그러더니 금방 눈물을 글썽거렸다. 여자는 한 손으로 대충 눈물을 닦으면서 다른 한 손으로 햄버거를 먹었다. 근데 왜 울어요. 내가 묻자 여자는 한숨을 쉬더니 고개를 쳐들고 눈을 깜빡였다. 여인2가 벨벳 언더그라운드의 앨범을 왜 여자에게 전해주라고 했는지 알 것 같았다. 내게 어떤 임무를 맡긴 것 같다는 생각이 들어 약간 억울한 마음이 들었다. 나는 키오스크로 초코선데이 아이스크림 하나와 따뜻한 커피 한 잔을 주문했다. 받아 온 초코선데이를 여자에게 내밀었다. 여자가 꾸벅 인사했다. 커피를 마시려고 뚜껑을 열자 여자가 초코선데이만 먹기에는 너무 춥다고 했다. 결국 나는 커피까지 전부 줘버렸고, 초코선데이 한 입과 커피 한 모금을 번갈아 먹는 여자를 보며 어쩐지 오기 잘했다는 생각이 들었다.

이후로도 나와 여자는 종종 만났다. 산책하고 밥 먹고 여인2 혹은 민영이 그리울 때면 벨벳 언더그라운드 1집 앨범을 들었다. 그사이 오래된 문구점은 사라졌고, 이따금 내가 게임하는 모습을 넋 놓고 구경하던 아이가 떠올랐다. 영화를 틀고 여자에게 19번 편지가 사라진 장면을 보여주었다. 여자는 웃어넘기려다가 또 눈물을 터트리며 말했다. 어디선가 잘 지내고 있을 거예요. 나는 여인2가 나를 초대한 것이 종국에는 이 여자를 위함이란 걸 깨달았다. 여인2는 온 마음을 다한다는 점에서 수현과 같았다.

여자는 텔레비전과 플레이스테이션을 장만해 나를 초대했다. 우리는 버블보블 클래식을 했고 나는 마침내 스테이지 100을 깰 수 있었다. 시간이 오래 걸렸지만. 버블룬과 보블룬이 모두 있어야 깰 수 있다던 여인2의 말이 맞았다.

스테이지 20으로 돌아가 비밀 코드를 찾았다. 버블룬과 보블룬은 사라지고 파란 화면에 비밀 코드만 몇 초간 줄줄이 떠올랐다.

여자는 오류가 났다고 생각했는지 조이스틱을 거칠게 돌리고 아무 버튼이나 마구 눌렀는데 어떤 반응도 일어나지 않았다. 파란 화면에 하얀 고딕체로 끝없이 이어지는 비밀 코드. 결국 우리는 시시한 마음으로 게임을 종료했다. 게임도 끝났고 여인2도 냉동되었다. 나는 더 이상 이곳에 찾아올 이유가 없다고 생각했지만, 집으로 돌아가면 온 마음을 다할 수 있는 것이 아무것도 없어서 덩그러니 앉아 있거나 누워 있을 뿐이었다. 이렇게는 살고 싶지 않다고 생각했다. 처음으로 그런 생각을 했다. 나는 여자에게 여인2가 사용하던 노트북을 잠시 빌려달라고 했다. 그리고 유니텔에 접속해 해피엔드와 여인2가 나눴던 모든 대화를 삭제했다. 지켜보던 여자가 민영이 상심할 것을 걱정했다. 나는 얼마간 상심하는 것쯤은 괜찮다고 얘기했다. 우리가 그랬듯이.

*

여자를 통해 연락처를 얻어 여인2의 전남편이라는 사

람에게 연락했다. 앨범을 되사지 않겠느냐고 물었다. 뜻밖에도 남자는 고마워했다. 나는 약속 시간보다 일찍 가서 시청 근처를 돌아다녔다. 이쯤 어딘가에 시계탑이 있었다고 생각했는데 아무리 주변을 둘러봐도 시계탑은 보이지 않았다. 주말이라서 그런지 아이스링크는 아이들과 연인들로 붐볐다. 다리를 죽죽 뻗으며 빙판을 가로지르는 사람들. 엉거주춤한 자세로 넘어지지 않기 위해 애쓰는 사람들. 코끝이 발간 사람들. 사람들을 구경하다가 시간이 되어 구청사 앞에서 남자를 기다렸다. 남자는 헐레벌떡 달려왔다. 모자를 눌러써서 얼굴이 잘 보이지 않았다. 다만 손마디가 유난히도 붉었다. 잔기침을 하고 손으로 얼굴을 쓸어내리는 남자. 나는 가방에서 앨범을 꺼내 남자에게 주었다. 그러자 남자가 공손히 앨범을 받더니 뒷면을 확인했다. 희미하게 적힌 이름과 스크래치들. 남자가 나를 쳐다봤다. 얼굴이 하얗고 안경을 쓴 남자였다. 남자는 그때 내가 앨범을 사며 주었던 금액에 얼마를 더해 나에게 건넸다.

"팔고 나서 후회했어요."

"그런데 왜 파셨어요."

"화가 났어요. 그럴 일이 있었거든요."

그러더니 꾸벅 인사하고 앨범을 가방에 넣었다. 나는

남자에게 혹시 이 근처에 시계탑이 있지 않았느냐고 물었
다. 남자는 자신이 이 근처에서 10년 넘게 일을 해왔지만
시계탑 같은 것은 없었다고 대답했다.

"짐작하셨을 수도 있지만 앨범 주인을 만났어요."

남자는 그 말에 나를 잠시 바라보았다. 그러더니 고개
를 끄덕거리곤 물었다.

"잘 지내던가요."

"열심히 지내요."

"맞아요. 민영인 언제나 그랬어요."

저 멀리에서 아이 한 명이 남자를 향해 뭐라고 소리를
질렀다. 그러자 남자는 나에게 다시 한번 인사를 하고서 아
이를 향해 뛰어갔다. 나는 남자와 아이가 있는 곳으로 천천
히 걸어갔다. 남자와 아이는 아이스링크 주변을 서성거리
다가 스케이트를 빌렸다. 남자는 한쪽 무릎을 꿇고 아이에
게 스케이트를 신겼다. 막상 신고 보니 아이는 겁을 잔뜩
먹었다. 아이스링크 입구에 서서 들어가지도 못했다. 남자
도 스케이트를 못 타는지 그저 아이에게 들어가보라고만
했다.

나는 일본인에게 메일을 한 번 더 보내야겠다고 생각
했다. 그를 전혀 모르는데도 불구하고 어쩐지 아는 사람처

럼 느껴졌다. 같은 세상에 발을 디디고 있다는 것만으로 그런 마음을 느낄 수 있다는 건 다행인 걸까. 그에게 메일을 쓴다면, 나는 사실 내가 안락한 곳에 있는 동시에 안락하지 않은 곳에 당도하길 바란다고 고백할 것이다.

스케이트를 빌려 신은 뒤 한 켤레를 더 빌려서 남자에게 다가갔다. 제가 알려드릴게요. 남자가 나를 쳐다보더니 손사래를 쳤다. 하지만 이미 빌려놓은 스케이트에 난처한 표정을 짓다가 결국 그것을 신었다. 내가 먼저 아이스링크에 들어가자 남자도 따라 들어왔다. 엉거주춤한 남자를 보며 구경하던 아이가 깔깔 웃었다. 나 또한 오랜만에 타는 스케이트라서 걱정이 되었다. 처음에는 불안하게 몇 걸음을 옮기다가 넘어질 뻔했다. 하지만 스케이트 날을 사선으로 부드럽게 죽죽 밀자 곧 안정적인 자세로 나아갈 수 있었다. 나는 남자에게 날을 미는 법을 몇 번 알려준 뒤 멀어졌다. 한 바퀴를 돈 뒤 다시 남자에게 돌아가 자세를 알려주었다. 그리고 또 멀어졌다. 그러기를 몇 번 반복한 뒤에야 광장에 선 어디로 가든 나가는 방향이라는 것을 알게 되었다.

뜰의 미래

뜰의 미래

문주는 자신이 퍽 괜찮은 사람이라고 생각했다. 하지만 그것은 자신이 무언가에 큰 열의를 가지는 사람이 아니기 때문이라는 것도 알고 있었다. 특히 관계를 맺는 일에서는 더더욱 열의를 갖지 않았기에 사람과 언제나 적당한 거리감을 유지하고 웬만해서는 실수하는 법이 없었다. 그러니까 문주는 좀처럼 사랑하지 못하고 다가설 줄을 모르며 물러서기를 잘했다. 그래서 문주는 문주가 이상하다고 생각했다. 그럼에도 그나마 괜찮은 사람이라고 생각하는 건 누군가를 쉽게 판단하지 않았으니까. 이쯤 되면 괜찮지 않나 싶었다.

부모는 문주를 좋은 대학에 보내기 위해 열과 성의를 다하는 사람들이었다. 그래서 문주가 여자고등학교에 배정되었을 때 대단한 결단력을 발휘했다. 결혼하고 18년이 넘도록 살아온 대구 범어동의 아파트를 팔아치우고 은행 대출을 감행해 서울 금호동에 위치한 아파트를 매입한 것이다. 그건 엄마 평생의 자랑거리였다. 따박따박 월급을 받아온 건 네 아빠였지만 가계를 일으킨 건 엄마의 지혜였단다. 사실 엄마가 이사를 결심한 건 문주가 여고에 배정되었기 때문이다. 문주의 성적은 학원 서너 개를 돌면서도 중상위권을 아슬아슬하게 웃도는 수준이었다.

“넌 내신이 좋잖아. 이 근방 여고에 가면 기필코 무너질 거야.”

엄마는 문주에게 그렇게 말했다. 문주는 ‘기필코’라는 말이 이럴 때도 쓰일 수 있다는 걸 처음 알았다. 문주는 엄마가 정말 전략가인지 아니면 전략가인 척하는지 헷갈렸다. 운때가 맞고 시기가 들어맞아 거머쥔 무언가를 자신의 전략적 성과로 치부하는 걸 수도 있겠다고 생각했다. 예컨대 엄마의 또 한 가지 레퍼토리는 실비 보험을 절대 해약하지 마라는 것이었다. 엄마는 자신이 문주를 위해 들어놓은 실비 보험의 보장 내역이 무척 좋으니 그것을 갖고 죽을 때까지 보장받으며 살아야 한다고 몇 번이나 강조했다. 아빠 말로는 친구의 성화에 마지못해 들은 거라고 했는데 엄마는 역시 그런 식으로는 말하지 않았다.

어쨌든 문주는 난생처음 서울이라는 도시로 이사를 가자마자 곳곳에서 풍겨오는 하수구 냄새에 질색을 했다. 그리고 좁다란 골목과 언덕 사이사이 기어코 아파트들이 비집고 들어서는 광경을 무심히 지나치며 청소년기를 보냈다. 여고가 아닌 남녀공학에 진학한 덕분인지는 몰라도 성적은 중위권 정도를 그나마 유지할 수 있었지만 부모는 늘 그것에 만족하지 않았다. 문주가 다니던 여러 개의 학원 중 제일 최악이던 학원은 영어 학원이었다. 하루에 단어를 300개씩 외워야 했는데, 다 외우지 못하면 틀린 개수대로 발바닥을 때렸기 때문이다.

근정은 함께 발바닥을 맞던 같은 반 남학생이었다. 문주를 탁상 위에 앉혀놓고 발바닥을 때리던 선생은 지쳤는지 두 명을 함께 앉히고 한 번에 때려보겠다고 했다. 그러더니 다음 차례인 근정을 불러 문주 옆에 앉히고 양말을 벗게 했다. 당시 근정은 또래 남자애들보다 키가 작은 편이었고 문주는 그 반대였다. 나란히 앉은 문주와 근정은 딱 붙어 함께 발바닥을 맞았다. 신음이 삐져나왔는데 동시에 근정의 신음이 너무 가까이 들려서 문주는 이게 뭐 하는 짓이지 싶었다. 근정도 같은 생각이었는지 실소를 흘렸고, 그 바람에 문주 또한 참고 있던 웃음이 터져 나왔다. 웃겨 이 개

새끼들아? 선생이 그렇게 말하건 말건 문주와 근정은 웃었
다. 또라이 새끼들, 씹새끼들, 좆만한 새끼들……. 온갖 욕을
들으면서도 수치스럽지 않았는데 종종 문주는 전혀 수치스
럽지 않았던 그 시기의 자신이 신기하게 느껴졌다. 선생에게
맞거나 욕을 먹을 때면 자아를 어디에 잠시 의탁해둔 사람
처럼 굴었으니까. 그건 근정도 마찬가지였던 것 같다.

근정은 학원에 만화책을 들고 왔다. 수업 시간에도 교
재 사이에 만화책을 끼워둔 채 읽었고 쉬는 시간에도 읽었
다. 선생은 몇 번이나 근정에게 주의를 주었지만 근정은 대
수롭지 않게 생각하는 듯했다. 언젠가 선생은 근정이 자신
을 무시한다고 생각했는지 근정이 읽던 만화책을 뺏은 뒤
그 자리에서 그것을 찢어발겼다. 그 순간 근정과 문주의 눈
이 마주쳤고 문주는 근정이 자신에게 무언가 할 얘기가 있
는 것 같다고 생각했다.

그날 학원 수업을 마치고 문주가 집으로 돌아가는데,
근정은 저 뒤에서부터 자전거를 타고 문주에게 다가왔다.
그리고 외쳤다. 오마에니…… 마모루 모노와 아루카(お前
に 守る 物は あるか)? 문주는 지나치는 근정의 뒤통수에 대
고 그게 무슨 말이냐 물었고 근정은 뻔뻔한 얼굴을 하고 대
답하지 않았다. 대신 다시 물었다. 오마에니 마모루 모노와

아루카? 멀어져가는 근정을 보며 문주는 그 말을 기억하기 위해 애썼다. 잊지 않으려고. 어쩐지 기억해야 할 것 같아서. 덕분에 아직까지도 선명하게 그 문장을 기억하고 있었다.

오마에니 마모루 모노와 아루카? 너에게는 지켜야 할 것이 있는가? 〈극장판 이누야샤 3: 천하패도의 검〉에 나오는 대사로 셋쇼마루의 아버지가 셋쇼마루에게 이렇게 묻는다. 그날 밤 집에 가서 극장판을 불법으로 다운받아 보고도 모자라 새벽 내리 〈이누야사〉를 정주행한 문주는 다음 날 학원에 가자마자 근정에게 말했다. 그딴 건 없어. 영영 없을 거다.

*

사흘 전, 근정은 늘 연락을 주고받던 사람처럼 문주에게 전화해 뭐 하느냐고 물었고 자신은 뚜비의 집이라고 했다. 심지어 뚜비네서 지낸 지는 꽤 오래되었다고. 문주는 너무 놀라 자리에서 일어나 좁다란 원룸을 몇 바퀴 돌았다. 네가 인마, 왜 우리 뚜비네에 있는 거야? 그렇게 묻고 싶었지만, 그러기에는 문주 또한 뚜비와 연락을 안 한 지 너무 오래되었기에 속사정을 알지 못했다. 새삼 뚜비에게 연락

을 취하기도 민망하거니와 이제는 그럴 사이가 아니라고
생각했다.

뚜비는 얼굴이 까무잡잡해서 뚜비였다. 뚜비는 자신에게 주어진 별명을 아주 마음에 들어 했다. 어린 문주는 네명의 고모에게 각각 어울리는 텔레토비 이름을 붙여주었고 뚜비는 제일 먼저 뚜비가 되었다(어린 문주는 뚜비 다음으로 제일 예쁜 막내 고모에게 나나라는 이름을 붙여주고는 두 고모에게 대충 보라돌이와 뽀를 하사했다). 둘째 고모인 뚜비는 어린 문주를 유난히 챙겼는데 유원지에 놀러 가면 꼭 어린이용 선캡을 챙겼다가 씌워주고 아이스크림 하나도 인공감미료 덩어리라며 절대로 사 주지 않는 식이었다.

부모가 잠깐 문주를 뚜비네 맡기면 문주는 늘 작게 난 베란다에 갖다 둔 소반 앞에 앉아 갓 나온 콩나물밥을 간장에 슥슥 비벼 먹고 제철 과일을 배불리 먹었다. 아이스크림을 사 달라고 조를 때면 뚜비는 꽝꽝 얼린 블루베리를 국그릇에 한가득 담아 주었고 문주는 그것을 한 줌씩 입에 넣고 씹어 먹었다. 그러면 새큼달큼한 맛이 입안에 잔뜩 퍼져 어느새 아이스크림 생각은 하나도 나지 않았다.

문주가 서울로 이사를 갈 무렵 뚜비도 금호동의 허름한 주택을 매입했다. 뚜비에게 대구에서 서울로 이사할 것을 권유한 건 물론 문주의 엄마였다. 엄마는 이 순간의 선택이 네 평생의 노후를 결정할 거라며 뚜비를 꼬드겼고 그건 정말이지 당신의 온전한 선의에서 비롯된 것이었다. 결론적으로 그것은 뚜비에게 잘된 선택이었다. 금호동 일대 땅값은 진짜 말도 안 되게 올랐으니까.

엄마는 집을 알아보는 뚜비에게 부동산은 곧 투자이니 아파트를 사라고 성화를 부렸다. 하지만 뚜비는 그것만큼은 양보하지 않았다. 꿋꿋하게 작은 전원주택을 매입하고 자기 입맛에 맞게 그곳을 꾸몄다. 대들보가 고스란히 남아 있어 한옥의 정취가 살아 있는 곳이었다. 뚜비는 수전을 손보고 건식 난방을 설치한 다음 깨끗하게 도배를 했다. 그리고 대문짝을 새로 달았다. 문패에는 '뚜비'라고 적었다, 정말로.

지금은 간단한 안부 인사조차 주고받지 않는 사이인 뚜비. 그런 뚜비의 집에 근정이 머물고 있다는 게 믿기지 않았다. 문주는 무슨 말을 해야 할지 몰라 한참을 망설이다가 그러냐…… 했다. 그러자 근정이 말했다.

"그러냐아?"

"그러니까…… 왜 거기 있는데."

"그래, 그렇게 나와야지."

“뭔데?”

“전화로 할 말은 아니고. 내일 와줬으면 좋겠는데.”

이상하다고 생각했다. 고등학교를 졸업한 이후 문주와 근정, 뚜비는 함께 만난 적이 단 한 번도 없었다. 문주는 뚜비와 근정이 여태까지 연락하고 있는 것도 수상하며 심지어 자신한테 일언반구도 하지 않았다는 것이 의심스러웠다. 사실 내일 당장 가는 건 문제가 아니었다. 얼마 전 퇴사를 해서 할 일도 없었거니와 지금 살고 있는 집에서 뚜비의 집까지는 멀지도 않았다. 게다가…… 문주는 내심 근정이 보고 싶었다.

5년 전 문주는 근정에게 돈을 빌렸다. 차라리 한 번에 왕창 빌렸다면 그나마 나았을 텐데, 걸핏하면 연락해 조금씩 뜯어냈다. 대학 동기 중 한 명이 온라인 플랫폼에서 영양제 사업을 시작하겠다며 단체카톡방에 야심 찬 설명을 줄줄 늘어놓았을 때 혹한 것이 문제였다. 문주가 관심을 보이자 동기는 바로 다음 날 문주의 집 앞까지 찾아왔고 문주는 동네 투썸플레이스 구석 자리에서 사업 설명을 네 시간 동안 들어야 했다.

당시 계약직 교직원으로 근무하던 문주는 2400만 원을 겨우 대출받아 동기에게 건넸고 론칭 후에는 월마다 투자 금액대로 배당금을 받기로 했다. 그런데 몇 개월이 지나도 소식은 들려오지 않았다. 당시 카드론으로 받은 대출 금액의 연이율은 12퍼센트로 원금 상환까지 포함해 매달 112만 원을 납부해야 했다. 얼마 되지 않는 월급으로 꼬박꼬박 112만 원을 납부할 수 없었던 문주는 결국 근정에게 많게는 50만 원, 적게는 30만 원씩을 빌렸다.

부모가 채무를 모두 변제해주기 전까지 문주는 그렇게 살았다. 근정에게 돈을 달라고 애걸하고 미안하다고 사과하며 앞으로는 다 잘될 거라고 변명했다. 근정은 자기도 힘들 텐데 웬만하면 돈을 보내주었고 별다른 티박도 하지 않았다. 그렇게 1년간 앓는 소리를 실컷 하며 돈을 빌렸다가 막상 부모를 통해 전부 갚고 나니 어쩐지 문주는 근정에게 연락을 할 수가 없었다. 마지막으로 근정과 통화를 했을 때 근정은 문주에게 이렇게 물었다. 정말 모든 게 잘될 줄 알았던 거야? 정말로?

*

초록 버스를 타면 30분도 걸리지 않는 곳에 뚜비의 집이 있었다. 가까운 줄은 알았는데 한 번에 가는 버스가 있을 줄은 몰랐다. 뚜비는 문주가 자취를 시작한 후 종종 문자메시지를 했다. 그중 두 번 정도는 자기 집에 놀러 오라 그랬지만 문주는 한 번도 가지 않았다. 그런지 6년이 흘렀다. 그러니까 문주는 뚜비를 6년 만에 처음 보는 것이었다. 햇수로 헤아리니 놀라울 만큼 오래되었다는 생각이 들었다.

부모와 뚜비의 사이는 문주의 할아버지가 죽고 나서부터 틀어졌다. 뚜비를 제외한 고모 셋과 아버지는 할아버지를 가족묘가 있는 나주에 모시자고 했다. 그런데 뚜비는 요즘 친환경 장례가 대세이니 퇴비장으로 진행하자 했고, 그 말에 나머지 모두가 귀를 의심했다. 아버지가 그건 고인의 뜻에 따라야 하는 게 아니냐고 쭈뼛거리며 물었는데, 뚜비는 고인의 뜻을 아는 건 이 중에서 자신밖에 없다며 가슴팍을 쳤다. 할아버지의 간병은 오롯이 뚜비의 몫이었으니 문주는 자신이 뚜비라도 그랬을 거라고 생각했다.

여기서 마무리됐으면 좋았을 텐데 알고 보니 나주의 선산에는 할아버지의 자리가 없었다. 당장 묫자리를 구해야 할 처지가 된 이씨들은 우왕좌왕했고 뚜비는 그럴 거면 자신이 한발 물러날 테니 화장을 하자고 했다. 졸지에 매장에서 화장을 하게 된 것이 영 탐탁지 않았던 아버지는 봉안당이라도 좋은 곳을 알아보려 했는데 그것 또한 뚜비가 결사 반대했다. 유곡천에 뿌리면 된다는 것이었다. 그건 엄연한 불법이라며 모두가 반대했지만 뚜비는 주장을 굽히지 않았다. 아버지가 생전에 유곡천을 정말로 사랑하셨다고.

그때 문주는 막 이십대 중반을 지나고 있었는데 그게 좀 우스워 보였다. 할아버지가 유곡천을 사랑했으면 얼마나 사랑했단 말인가. 그냥 집 앞에 흐르는 게 유곡천이었을 뿐인데. 그런데 고모 셋과 아버지는 뚜비의 말에 선뜻 나서서 반박하거나 다른 의견을 제시하지 않았다. 시간이 좀 지나서야 문주는 이들의 행동을 나름대로 이해할 수 있었다. 물러날 수 있을 만큼 물러서야 데미지가 오지 않는 일도 있는 법이니까.

금남시장 정류장에서 내려 한참을 걸었다. 빈손으로 걸어가다가 문득 어색함을 느끼고 슈퍼에 들러 알이 굵고 표면이 반질반질한 자두 몇 알을 샀다. 익숙한 골목 사이를 지나 당도한 집 앞에는 여전히 나무 문패에 뚜비라고 적혀 있었다. 동네 사람들은 이 집을 진짜 뚜비네 집이라고 부를까? 어떤 아이들은 이곳을 지나다가 문패를 보고는 부모에게 정말 그 뚜비가 사느냐고 묻지 않았을까? 아니…… 이제는 뚜비를 모르려나.

한참 망설인 끝에 초인종을 한 번 눌렀다. 소리가 나지 않았다. 노크를 해야 하나 생각하다가 몇 번 더 눌렀는데 문이 벌컥 열렸다. 근정이었다. 오랜만에 본 근정은 머리가 하얗게 세어 있었다. 뚜비가 근정과 함께 있다는 걸 알지 못했다면 근정이라고는 생각하지 못했을 정도로.

"벨소리가 안에서만 들려서, 사람들이 의아해하더라고."

문을 열어준 근정은 익숙하게 문주를 안내했다. 문주는 대문에서부터 현관까지 곡선으로 이어져 있는 판석을 따라 밟으며 뚜비가 정성 들여 관리했을 정원을 둘러봤다. 매화나무 밑에 청매실이 한가득 떨어져 있었다. 그 순간 뭔가 찜찜한 기분을 느꼈는데 문주가 아는 뚜비는 매실을 그렇게 방치할 사람이 아니었기 때문이다. 뭐 하나 그냥 버리는 게 없는 뚜비는 매실로 청을 담그거나 장아찌를 만들고 하다못해 김치라도 담글 사람이었다.

"뚜비는?"

"방에서 쉬고 있어."

"너는 뭐 했어?"

"뚜비가 너 오는데 뭐라도 먹이고 싶대서, 솜씨 좀 발휘하고 있었지."

"근데 너 왜 자꾸 뚜비를 뚜비라고 불러?"

"응?"

"그럼 안 되는 거 아니냐?"

"뚜비는 나한테도 뚜빈데."

할 말이 없어진 문주는 현관문을 여는 근정을 가만히 바라보았다. 슬리퍼를 벗어 던지고 부리나케 부엌으로 달려간 근정은 정말 문주를 위해 무언가를 만드는 중인 것 같았다. 뚜비의 집은 익숙했지만 어딘지 달라져 있었다. 그러니까 작은 디테일 같은 것들이. 옛날에는 분명 낡은 추시계가 걸려 있었던 자리에 LED로 된 디지털시계가 걸려 있었다. 구형 텔레비전은 이동형 스마트 텔레비전으로 바뀌어 있었고 거실 가운데에는 늘 좌식 생활을 선호하던 뚜비답지 않게 아늑해 보이는 암녹색 소파가 놓여 있었다.

"문주 왔니?"

소파 옆에 위치한 작은 방에서 뚜비의 갈라진 목소리가 들려왔다. 뚜비가 안방으로 쓰던 곳이었다. 문이 살짝 열려 있어 들어가서 인사하려는데 근정이 먼저 부엌에서 나와 안방으로 들어갔다. 곧 나오겠지, 하는 마음으로 우두커니 서서 기다렸다. 그러나 시간이 꽤 흘렀는데도 둘은 기척이 없었다. 문주는 이상하다고 생각했다. 그래서 불도 켜지 않은 어둑한 방을 향해 성큼성큼 다가갔다. 그리고 안쪽으로 들어가려 하자 뚜비가 다급하게 말했다.

"내가 나갈게."

한때 문주는 이 안방을 제 방 드나들 듯 드나들었다. 하지만 이제는 이곳의 방문객일 뿐이라는 것을 새삼 깨달았다. 문주는 우뚝 선 채 문틈으로 근정이 몸을 기울여 누워 있는 뚜비의 뺨에 자신의 뺨을 갖다 대고 있는 것을 보았다. 둘은 무언가를 속삭이고 있었다. 무슨 말을 나누는지는 정확히 들리지 않았고 그 상황에서 문주는 자신이 이곳에 방문한 건 아주 오랜만의 일이며 뚜비도 아닌 근정의 초대를 받고 온 것임을 받아들일 수밖에 없었다. 상황은 전반적으로 달라져 있었다.

*

문주와 근정은 학원에 가지 않는 날이면 몰래 야간자율학습을 빠지고 곧잘 놀러 다녔다. PC방에 가기도 했고 만화책을 잔뜩 빌려 뚜비네에 가기도 했다. 근정은 문주가 뚜비에게 처음으로 소개해준 친구였다. 그래서 그런지 뚜비는 근정을 각별하게 대해주었다. 근정은 혼자 지내는 시간이 많아 끼니를 대충 때웠는데 그걸 알고 나서 뚜비는 늘 밥을 해주었다. 새벽에 일해야 해서 보통 일찍 잠드는 사람인데도 문주와 근정이 오는 날만큼은 늦은 저녁을 지어 먹고 자정이 넘어서 잠들었다. 문주와 뚜비는 근정이 매번 해치우는 밥 양에 놀랐다. 두 공기도 모자라 세 공기도 슥슥 비우는 근정을 보며 뚜비는 쌀 동날 걱정을 하면서도 아낌없이 밥을 퍼다 주었다.

식사를 마치면 거실에 넓게 깔린 대자리에 전부 엎드려 빌려 온 만화책을 읽었다. 《유리가면》《헌터×헌터》《엽기인 걸 스나코》를 돌려가며 읽었는데 모두의 취향이 적절하게 반영된 결과였다. 언젠가 근정의 부모 모두 주말 출장을 가게 된 적이 있었다. 그들이 난처해하자 근정은 친구 집에서 자면 괜찮다고 부모를 안심시켰다. 그리고 바로 문주에게 전화해 뚜비네서 함께 주말을 보내자고 했다. 그렇게 토요일 오전, 짐을 챙기던 문주는 문득 자신이 이상하다고 생각했다. 집에 있는 온갖 먹을 것을 가방 안에 쓸어 담으면서도, 칫솔과 로션 따위를 챙기면서도 자신이 어떤 잠옷을 챙겨야 할지가 가장 고민되었던 것이다.

어떤 잠옷이라⋯⋯. 평소 문주에게 잠옷은 그냥 잠옷일 뿐 딱히 신경 쓸 무엇이 아니었다. 그런데 이번만큼은 근정에게 자신이 잠잘 때도 단정한 사람으로 기억되었으면 하고 내심 바랐다. 그렇게 가방에 한가득 짐을 챙긴 뒤 시간

맞춰 나왔는데 아파트 건물 앞에 근정이 서 있었다. 똑같이 뚱뚱한 가방을 메고 서 있는 모습을 보니 기분이 좋았다. 꼭 여행 가는 것 같아서. 좋다, 근정아, 그치? 그런 말을 하려고 했는데 대뜸 근정은 전봇대를 가리키며 문주에게 말했다.

"어느 신도시에는 전봇대가 다 땅 아래에 묻혀 있대."

"정말?"

"그래서 그런지 탁 트여 있어."

"가봤구나."

"별거 없더라."

"그래도 전선이 머리 위에 복잡하게 얽혀 있는 것보다는 나을 듯한데."

"문주야, 나는 그런 게 싫다."

"뭐가?"

"자꾸 바뀌는 거. 그래서 남몰래 맞춰가야 하는 거. 적응하려고 존나게 허덕이는 거."

"그래도 나름 하잖아."

"그래서 하는 거야, 무서워서."

문주가 사는 아파트에서 뚜비네까지는 걸어서 15분도 걸리지 않았다. 그 15분 동안 문주는 많은 생각을 했다. 근정은 공부를 못하지는 않았는데 이상하게 학원 숙제는 거의 해 오지 않았다. 그건 일종의 반항이었을지도 몰랐다. 오마에니 마모루 모노와 아루카? 문주는 처음 근정과 친해졌을 때 근정이 자전거를 타고 가며 했던 말을 떠올렸다.

너에게는 지켜야 할 것이 있는가? 문주는 당연하게도 그런 것 따위 없었고 앞으로도 없을 거라고 생각했다. 그런데 근정은 있는 것 같았다. 세상이 바뀌는 걸 의식하고 무서워하는 사람은 지키고자 하는 바가 있는 사람일 것이다. 그때 문주가 내린 결론이었다. 문주는 조금 퉁명스러운 목소리로 중얼거렸다.

"나는 지금이 좋아."

그러자 근정은 지나치는 간판들을 유심히 둘러보며 담백하게 대답했다.

"그럼 네가 지금 가진 게 뭐가 있는지 잘 생각해봐."

이윽고 뚜비의 집에 다다랐을 때 근정은 뚱뚱한 가방 안에서 무언가를 꺼내 들었다. 그리고 침착하게 노크했다. 얼마 지나지 않아 뚜비는 문주와 근정을 반갑게 맞이해주었고 그런 뚜비에게 근정은 가방에서 꺼낸 그것을 들어 보였다. 뚜비는 눈이 휘둥그레졌고 이게 무어냐고 물어보았다.

"아와모리. 오키나와 소주예요."

부모의 것을 훔쳤을 게 분명한 그 소주를, 근정은 천연덕스럽게 내밀었다. 오전에 퇴근해서 한숨도 자지 않았을 뚜비는 그 소주를 받아 들고 환하게 웃었다. 뚜비는 별나다 싶을 정도로 애주가였고 근정은 그것을 알고 있었던 것이다. 문주는 몹시 난처했다. 자신이 모르는 무언가를 근정은 진작에 이해하고 있었다. 그 무언가에 대해 알고 싶다는 생각이 들었고 그 생각으로 말미암아 자신이 곤경에 빠졌다는 느낌을 지울 수 없었다.

*

뚜비는 몸을 일으키는 것조차 벅차 보였다. 근정의 도움을 받아 느릿느릿 일어났으며 문주까지 합세하여 부축하자 간신히 소파에 기대앉을 수 있었다. 뚜비는 정말 많이 늙어 보였다. 문주의 부모보다 훨씬. 살이 많이 빠져 있었고 아픈 사람처럼 얼굴이 노랬다. 어디가 불편한지 한참 자리를 고쳐 앉던 뚜비는 어느 정도 편한 자세를 찾은 후 비로소 문주에게 인사를 했다.

“오랜만이네.”

“정신없이 살다 보니 얼굴 보기도 힘드네.”

"핑계는."

얄궂게 눈을 흘기는 뚜비는 옛날과 크게 다르지 않아 보였다. 문주는 대자리 대신 붉은 카펫이 깔린 바닥의 부드러운 면을 손바닥으로 남몰래 쓸어보았다. 뚜비는 화훼공판장에서 오랫동안 일을 했다. 명절과 같은 특수한 날을 제외하고는 보통 새벽 3시에 출근해 오전 9시면 일이 끝나서 낮 시간을 충분히 활용할 수 있어 좋다고 했다. 하지만 손은 늘 상처투성이였고 어린 문주는 약이라도 좀 바르고 다니라며 종종 잔소리를 했다. 그러면 뚜비는 예쁜 것에 찔려 괜찮다는 말만 할 뿐이었다.

"꽃 시장은?"

"그만둔 지가 언젠데, 얘."

"아프구나."

"아프지."

문주는 어디가 아프냐고 물어보고 싶었지만 차마 그러지 못했다. 뚜비는 자신이 아프게 된 이후로 근정이 이 집에 들어와 살고 있으며 간병을 위해 다니던 직장도 그만두었다는 얘기를 했다. 그러면서 근정의 머리를 천천히 쓰다듬었다. 근정은 자신을 쓰다듬는 뚜비의 손길을 그대로 받아들였다. 둘 사이는 오래간 정을 나눈 가족 같아 보였고 그래서인지 애틋하기보다는 어딘가 처절해 보였다. 문주는 무언가를 확실히 하고 싶은 마음에 사로잡혔다.

"할 말이 있다며."

"맞아, 할 말. 있지."

느릿느릿한 뚜비의 발음은 명확하지 않았지만, 예전과 같이 힘이 있었다. 양손으로 바닥을 짚고 다리를 쭉 펴고 있던 문주는 허리를 곧추세웠다. 그러면서도 자신이 뚜비에게서 무슨 말이 나오기를 바라는지 모르겠다는 생각이 들었다. 솔직한 심정으로는 해명이나 변명 같은 것이 필요하지 않나 싶었지만…… 엄밀히 말하자면 그럴 의무 또한 그들에게 있지 않았으니까. 어쩐지 문주는 흘러버린 시간이 퍽 얄밉게 느껴졌다.

"나는 곧 죽을 거야. 죽으면 이 집을 너에게 주고 싶어."

"그게 무슨 말이야."

"그런데 땅은 근정이 가지게 될 거고."

"근정이?"

"한 달 전쯤 혼인신고를 마쳤어. 내 재산과 이 집 땅은 근정이 갖게 될 거야. 너에게 집을 물려주고 싶은 이유는 단 하나야. 나는 너와 근정을 무척 아껴, 이 집만큼. 그러니까 너희가 이곳을 잘 가꿨으면 좋겠어. 나는 여기에서 우리

셋이 함께 지냈던 기억을 떠올리는 게 가장 행복하거든."

"잘 이해가 안 돼. 그럼 둘이 지금 법적으로 부부라는 거야?"

"말도 마. 증인 서줄 사람도 없어서 저기 사거리 호프집 사장님이랑 건너편 미용실 언니한테 부탁했다니까."

뚜비의 말에 따르면 두 사람은 지난 6년간 쭉 연인 관계였으며 동거를 하지 않았을 때도 줄곧 이 집에서 일상을 함께했다. 뚜비가 이유 없이 배가 부르고 피로를 호소하는 것을 이상하게 여겨 병원에 데려간 것도 근정이라고. 문주는 딱히 이유도 묻지 않고 자신에게 돈을 내주던 그 시절의 근정을 떠올렸다. 그때 근정은 이 집에 드나들며 뚜비와 종종 혹은 자주 같이 지냈을 것이다. 그러면 그 돈은 정말 근정의 돈이었을까? 차마 이 시점에서 그런 걸 물을 수는 없는 노릇이었다.

문주는 돈을 전부 갚을 때쯤 근정이 자신에게 한 말을 기억하고 있었다. 나는 그냥 너와 잠시 고통을 나눴을 뿐이야. 그렇게 말하는 근정의 모습은 정말 온전히 문주를 위해 애써준 사람 같았다. 만약 그 돈이 뚜비의 돈이라면, 근정은 뚜비에게 돈을 제대로 돌려주기나 했을까? 문주가 알기로 부모는 근정에게 적지 않은 웃돈까지 이자로 주었다.

소파에 함께 앉아 있는 뚜비와 근정은 괜찮아 보였다. 문주는 자신이 그렇게밖에 그들을 생각할 수 없는 게 조금 의아했지만 정말로 괜찮은 것 같았다. 딱히 근심과 비애에 차 있지도 않았다. 특히 근정은 원래 다부진 체격이었는데 그새 운동을 했는지 훨씬 더 단단해진 것 같았다. 뚜비는 근정의 어깨에 머리를 기대고 있었다. 처음 볼 때는 몰랐는데 정말 배가 불룩 튀어나와 있었다. 하지만 문주에게 간혹 미소를 지을 때면 그 미소가 너무 환해 그냥 환한 뚜비이지 곧 죽을 사람처럼은 보이지 않았다. 혼란스럽다. 문주는 혼란스럽다고 생각했다. 그들의 관계, 자신에게 집을 주려는 저의, 심지어 그들과 함께했던 과거까지도.

부엌에서 푸시시, 하고 무언가 넘치는 소리가 들렸다. 그러자 근정이 화들짝 놀라며 몸을 일으켰다. 아 맞다, 내 정신 좀 봐. 문주와 뚜비는 부리나케 부엌으로 달려가는 근정을 물끄러미 바라보았다. 문주의 기준으로 근정은 주변 친구들 사이에서 그래도 열심히 사는 축에 속했다. 재수 끝에 인서울 대학교 경영학과에 합격했을 때도 부산을 떨지 않았으며 이게 단지 시작일 뿐이라는 걸 충분히 인지하고 있었다. 무언가를 확실히 손에 넣기 전에는 함부로 그것을 시작했다고 말하지 않았기에 문주는 근정이 대학 시절부터 오랫동안 세무사 시험을 준비해왔고 결국 포기하기에 이르렀다는 것을 뒤늦게 알았다. 오랜만에 전화를 걸어온 근정은 자신의 수험 생활에 대해 아주 군더더기 없이 말했다. 실패했어. 그러니까, 낭비한 거지. 위로를 건네기에는 너무나도 빈틈없는 독백이었다. 생각에 잠긴 문주를 바라보던 뚜비가 작게 손뼉을 치며 물었다.

"문주야."

"응."

"우리 여기서 삼치구이 먹었던 날 기억해?"

"그때 나 생선 가시가 목에 걸려서 죽을 뻔했잖아."

"맞아. 그때 너는 막 바닥을 구르면서 괴로워하고 나는 밥 한술 떠서 먹인 다음에 그것도 안 되니까 우왕좌왕하는데 근정이 널 일으켜서 배를 막 압박했잖아. 하인……."

"하임리히법."

"맞아, 그거. 그때 네가 진짜 가운뎃손가락만 한 가시를 뱉어냈어."

뚜비가 손바닥을 편 뒤 자신의 가운뎃손가락 끝부분을 가리키며 말했다. 그런 다음 과장되게 구역질하는 장면을 연기했는데 문주는 꼭 자신이 그랬다는 것만 같아 내가 언제! 하고 웃었다. 그렇게 한참을 웃던 뚜비와 문주는 어느 순간 웃음을 뚝 그쳤고 거실은 다시금 조용해졌다. 뚜비가 침착한 얼굴로 문주에게 물었다.

"이상하니?"

"어떤 게?"

"친구가 그러더라. 징그럽다고. 나는 오히려 묻고 싶었어. 도대체 징그럽지 않은 사랑이 있기나 한 거냐고. 있다면 그건 어째서 징그럽지 않은 건데?"

문주는 자신의 입장에 대해 쏟아내는 뚜비를 앞에 두고 아무 말도 할 수 없었는데 그건 자신의 속마음도 별반 다르지 않았기 때문이다. 뚜비와 근정의 관계를 포착한 순간부터 문주는 그 관계를 어딘지 부정하게 여기고 있었다. 이 마음의 발로는 뚜비를 아끼는 마음에서 비롯된 게 결코 아니었고, 물론 근정을 좋아하는 마음도 아니었다. 이루 말할 수 없는 불쾌함이 일었을 뿐이다. 그런 마음을 아는지 모르는지 뚜비가 문주의 손을 붙잡고 말했다.

"문주야."

"응."

"지금 이 마당에 내가 원하는 게 뭐가 있겠니. 나는 그냥 내가 좋아하는 사람들을 차례차례 만나고 싶었다."

"불러줘서 고마워, 진짜로."

"네 엄마 아빠는 나한테 연락도 안 해."

"왜?"

"내가 혼인신고를 했다고 얘기했거든. 근정을 거의 사기꾼 취급하더라."

"그런 거 아닐 거야. 내가 다시 연락해볼게."

"됐어. 난 그냥 우리 문주한테만 인정받고 싶어. 함께했던 시절이 있잖아. 그런 게 우리한테 분명 있으니까."

"응, 고모. 있지. 다 알고 있어."

"그래서 말인데 혼인 서약 같은 거 있잖아. 둘이서는 못하는 거. 그런 걸 해보고 싶어."

"그렇구나."

"네가 서약식을 함께하면 어떨까? 대충이라도 좋을 텐데."

"꼭 하고 싶었던 거야?"

"글쎄, 그렇다기보다 맹세라는 거, 그런 걸 하면 내가 좀 더 행복하게 오래 살 것 같아서."

뚜비는 문주의 눈을 똑바로 보고 얘기했다. 문주는 뚜비의 말에 정신이 아득해지는 기분이 들었다. 상황은 전반적으로 이상하게 흘러가고 있었고 자신은 이 순간에 억지로 투입된 인물처럼 느껴졌다. 뚜비는 대답을 바라고 있는 것 같았지만, 문주는 쉬이 대답을 내놓을 수 없었다. 근정이 때마침 잘 차린 상을 준비해 왔다. 콩나물밥과 연한 배춧잎을 가득 넣은 된장국이 준비되어 있었고 양은그릇에는 아까 문주가 사 온 자두가 한가득 쌓여 있었다. 뚜비가 소파 등받이에 여전히 몸을 기댄 채로 속삭였다. 문주가 잘 먹던 음식, 내가 근정한테 전수했지롱.

*

근정이 건넨 아와모리를 갖고 먼저 들어가면서 뚜비는 문주와 근정에게 짐을 풀고 오늘은 실컷 놀라고 했다. 숙제도 시험도 걱정하지 말고 지루해서 몸이 배배 꼬일 때까지 아무것도 하지 말라고. 그래서 문주와 근정은 정말로 그렇게 했다. 이른 오후부터 잠옷으로 갈아입고 거실 대자리 위에 깔아둔 푹신한 이불에 뒹굴면서 종일 텔레비전과 만화책을 번갈아 보다가 뚜비가 대충 썬 수박을 먹고 씨도 마당에 대충 뱉었다. 그러다 졸리면 잠깐 잠들었다 깨어나서 라면을 끓여 먹었다.

해가 저물 무렵에는 문주도 근정도 정말 몸이 배배 꼬이기 시작했다. 뚜비는 작은 소반에 견과류와 마른 과일 따위로 술상을 차려두고 선물 받은 술을 조금씩 따라 마시고 있었다. 취기가 올라왔는지 얼굴이 발개진 뚜비는 하릴없이 뒹구는 문주와 근정에게 심심한지 물어보았고 그들은 당연히 그렇다고 했다. 그러자 뚜비는 아끼는 걸 보여주겠다며 방으로 들어가 한참을 나오지 않았다.

"뚜비는 어떤 사람이야?"

근정이 물었다. 문주는 한 번도 뚜비가 어떤 사람인지 생각해본 적 없었으므로 조금 고민해야 했다.

"자기 멋대로 사는 사람."

"좋네."

"뭐가 좋아?"

"나도 어른이 되면 멋대로 살고 싶다고 생각했거든."

"지금도 그렇게 살면 되잖아."

"글쎄, 우리 집 망해서."

그래서 나는 그렇게 살면 안 돼. 그건 우리 부모의 수치고 상처야. 문주는 처음 듣는 이야기였다. 뒤이어 근정은 엄마가 자신에게 하도 돈돈거리며 살아서 자기도 돈돈거리며 살게 될 거라는 푸념을 늘어놓았다. 원래 부모가 그러면 자식도 그렇게 되는 법이라며. 문주는 속사정을 털어놓는 근정에게 무슨 말이라도 해주고 싶었지만 자신이 보탤 수 있는 말이 없다는 생각에 입이 떨어지지 않았다. 그때 뚜비가 거실로 나오며 문주와 근정에게 말했다.

"자, 이거 봐라."

보자기에 정성스럽게 싸인, 묵직한 무언가를 안고 온 뚜비는 그것을 조심스럽게 문주와 근정 앞에 내려두었다. 단단히 묶여 있는 보자기를 풀자 정교한 소나무가 그려진 도자기가 나왔다. 매끈한 도자기를 두 손으로 쓸어보던 뚜비는 이 안에 자신이 간절히 지켜온 무언가가 담겨 있다고 했다. 문주는 간절히 지켜온 무언가라는 말에 근정을 쳐다보았고, 근정은 심각한 얼굴로 그 도자기를 주시하고 있었다.

도자기 안은 거의 텅 비어 있었다. 거의. 다만 오래되어 바랜 것처럼 보이는 쪽지 한 장이 들어 있었다. 뚜비는 무릎을 꿇은 채 손을 깊숙이 집어넣어 그 쪽지를 꺼냈다. 꼬깃꼬깃한 쪽지를 펴는 동안 문주와 근정은 이상한 긴장감에 휩싸여 아무 소리도 내지 못했다. 뚜비는 펼친 쪽지를 읽기 시작했다. 침착한 목소리로.

"지름길로 가지 않을 것이다. 죽게 된다면 그것을 애써서 받아들일 것이다. 사랑하는 이에게 모든 것을 내주고서. 나의 방식대로 나를 물림할 것이다."

잠시간 정적이 흘렀다. 뚜비는 쪽지를 원래대로 접은

뒤 도자기 안에 넣어두었다. 그리고 문주와 근정에게 이것이 자신의 유언이라고 밝혔다. 열여덟 살에 쓴 유언장이라고. 이것을 썼을 때는 아주 고통스러운 상황이었으며 당장이라도 죽고 싶은 심정이었지만 그 시기를 지난 이후로는 이 유언을 자기 삶의 이정표쯤으로 여기게 되어 좋았다는 식으로 말했다.

문주는 다시 근정의 얼굴을 힐끔거렸다. 뚜비를 이상한 사람 취급할까 봐 겁이 나기도 했는데 근정은 전혀 그렇게 생각하는 것 같지 않았다. 오히려 무언가에 잔뜩 들뜬 눈치였고 어떤 열망에 시달리는 눈빛이기도 했다. 문주는 근정의 그 얼굴이 무척이나 매력적이라고 생각했다. 동시에 이상하다고도 느꼈다. 근정은 뚜비의 유언 중 어떤 부분이 그렇게나 인상 깊었던 걸까?

근정은 뚜비에게 다가가 쪽지를 한 번만 볼 수 있게 해 달라고 요청했다. 하지만 뚜비는 거절했고 도리어 너희들도 하나씩 써보라며 공책을 두 장 찢어 주었다. 그렇게 문주와 근정은 나름의 유언을 적은 뒤 도자기에 넣었다. 그리고 때가 될 때까지 절대 꺼내보지 않기로 서로 다짐했다. 뚜비는 도자기를 다시 고운 보자기에 싸서 방 안에 들여놓았다. 그러자 문주는 긴장이 풀리면서 피로감이 몰려왔는데, 근정은 여전히 곰곰 생각에 잠겨 있었다.

*

　잘 들어가지도 않는 밥을 억지로 욱여넣던 문주는 소파에 앉아 자신을 바라보는 뚜비와 근정의 눈초리가 부담스럽게만 느껴졌다. 근정은 시시때때로 뚜비의 상태를 체크했다. 목이 마르지는 않은지, 시야가 선명한지, 허리가 아프지는 않은지……. 그럴 때마다 뚜비는 괜찮다고 하거나 고개를 젓는 식이었다. 문주는 그들에게 물어보고 싶은 것이 정말 많았지만 어디서부터, 무엇을, 어떻게 물어봐야 할지 알 수 없었다. 그래서 최대한 그들에게 시선을 주지 않고 된장국을 떠먹으며 가장 서운했던 것부터 물어보았다.
　“언제부터 만난 거야? 나 빼고.”
　뚜비와 근정은 그럴 줄 알았다며 큰 소리로 웃었다. 근정이 겨우 웃음기를 거두고 대답했다.
　“문주, 네 할아버지 돌아가셨을 때 있잖아.”
　“그때?”
　“응, 유곡천에 네 할아버지 유골을 같이 뿌렸어.”
　“아빠도 갔다고 했는데.”

뜰의 미래

그러자 뚜비가 입을 열었다.

"오기는 무슨. 시간 지나니까 다들 이런저런 일 때문에 못 온다고 하더라. 그래서 나 혼자 뿌리려고 했는데, 마침 근정한테 연락이 온 거야."

"뭐라고?"

"자기 좀 만나달라고. 상담할 게 있대. 알고 보니 다 수작이었지."

"수작은 무슨."

"아니야?"

"그냥 오랜만에 생각났다고 얘기한 거삲아."

"그게 그거지."

그렇게 말하는 뚜비는 행복해 보였다. 근정은 쑥스러운지 딴청을 부리고 있었다. 문득 문주는 뚜비를 바라보던 어린 근정의 열띤 얼굴을 떠올리고야 말았다. 엄마는 할아버지의 장례를 치르고 나서 사실 뚜비가 그간 좀 이상했다고 했다. 할아버지가 호스피스에 들어가는 것을 뚜비가 극구 반대하는 바람에 희망도 없는 연명 치료를 억지로 이어갈 수밖에 없었다는 것이다. 그때부터 문주도 뚜비가 좀 잘못된 사람일지 모른다는 생각이 들었다. 문주는 할아버지가 고통에 몸부림치는 모습을 몇 번이나 본 적이 있었다. 몸이 갑자기 튀어 오르고, 주변의 누구도 알아볼 수 없게 만드는 섬뜩한 통증. 그것을 할아버지가 겪는 동안 문주는 아무것도 할 수 없었다. 정말로, 아무것도. 하지만 이제는 잘못된 건 문주 자신이라는 생각이 들었다. 사랑의 끝에서는 모두가 처절해지기 마련이니까. 모든 것을 내려놓아야 했다. 그렇게 다짐하는 순간 오히려 모든 것이 명확해지는 기분이 들었다. 자신은 이미 이들 관계에 오래전부터 가담해온 사람이었던 것이다.

"그거…… 정말 하고 싶어?"

"뭐가?"

"혼인 서약 말이야."

"해줄 거야?"

뚜비가 들뜬 목소리로 물었다. 문주는 고개를 끄덕였다. 그러자 근정이 휴대전화로 혼인 서약을 검색한 뒤 일반적인 절차가 어떻게 이루어지는지 알려주었다. 그러면서 자신도 처음이라고, 우리 모두 처음이라 어색할 수밖에 없을 거라고, 그러니 모든 게 괜찮을 거라고 했다.

자리에서 일어난 문주는 상을 치웠다. 소파에 앉은 뚜비와 근정을 내려다보았다. 근정도 자리에서 일어났고 뚜비를 천천히 부축해 일으켰다. 비로소 같은 눈높이에서 문주가 그들을 바라보고 그들이 문주를 바라보는 상태가 되었다. 한 번도 해본 적이 없는 일이었지만…… 문주는 모든 게 괜찮을 거라는 생각으로 차근차근 그들이 그토록 바라던 일을 진행했다.

"음…… 신랑 신부의 혼인 서약이 있겠습니다."

뚜비와 근정이 고개를 끄덕였다.

"신랑 유근정은, 아내 이효진을, 사랑합니까?"

문주가 띄엄띄엄 묻자 근정이 빠르게 대답했다.

"네, 사랑합니다."

"아내 이효진은, 신랑 유근정을, 사랑합니까?"

"네, 사랑합니다."

뚜비의 목소리는 작았지만 총명하게 들렸다. 그들은 약간 긴장된 것 같은 표정으로 문주를 바라보고 있었다. 그제야 문주는 이 순간이 몹시 성스럽다고 여겼는데 이는 다른 결혼식에서 한 번도 느껴본 적이 없는 감각이었다. 두 사람은 분명 떨고 있었고 지금 이 의식을 어떤 약속으로 생각하고 있었으며 그건 기필코 뚜비라는 사람에게 당도한 죽음과는 다른 무엇이었다. 먼저 서약을 시작한 것은 근정이었다.

"당신의 삶을 존경하되 그 삶을 제 것이라 여기지 않겠습니다."

근정의 말에 뚜비가 눈을 여러 번 깜빡였다. 문주는 뚜비에게 천천히 고개를 끄덕였고, 그런 문주를 본 뚜비가 입을 열기 시작하면서 차례로 번갈아 말했다.

"진심을 진심으로 대하겠습니다."

"늘 곁에 있다고 생각하겠습니다."

"의심하지 않겠습니다."

"자주 놀러 가겠습니다."

난데없는 근정의 말에 뚜비가 작은 웃음을 터트렸다. 문주는 웃을 수 없었다. 그제야 뚜비의 상태가, 이 상황이 실감 나기 시작했다. 문주는 어린 시절 뚜비를 정말 사랑했고 그렇게 사랑했던 뚜비를 언젠가부터 소홀히 하기 시작했으며 이렇게 불쑥 만나 가까운 시일 내에 뚜비를 영영 보지 못하게 될 거라는 소식을 들은 것이다. 마음이 아팠다. 마음이 아파서 어쩔 줄 모르겠는 기분이 되었다. 손바닥으로 가슴을 꾹 눌렀다. 그래도 나아지지 않았다. 문주는 뚜비와 눈을 맞추고 말했다.

"이 집은 우리 세 사람의 집이 될 것입니다."

그러자 뚜비가 뒤를 이었다.

"꿈에 찾아가겠습니다."

근정이 조금 울먹거리며 간신히 말을 뱉었다.

"어려울 때 말고, 좋을 때, 기쁠 때, 당신을 찾겠습니다."

문주는 뚜비와 근정을 차례차례 바라보았다. 그들은 울고 있었다. 그제야 그들이 그간 아주 많이 울었을 거라는 생각이 들었다. 어쩐지 목이 메었지만 그들의 온전한 결혼을 위해 기억나는 멘트를 더듬더듬 내뱉기 시작했다.

"이 순간 신부 이효진과 신랑 유근정은 나 이문주 앞에서…… 뭐였지?"

결국 단어를 까먹은 문주를 위해 근정이 나지막이 속삭여주었다.

"서로의 반려자."

"맞다, 서로의 반려자가 될 것을 서약하였습니다. 이에 두 사람이…… 부부가 되었음을 선언합니다."

그들이 짧은 입맞춤을 하는 동안 문주는 지금 떠오르는 복잡한 생각들이 더 이상 아무 의미가 없다는 것을 인정했다. 다만 자신이 뚜비의 삶에 기억될 인물로서 이곳에 불려 왔다는 것에 집중하기로 했다. 문득 도자기에 넣은 열여덟 살 이문주의 유언장이 생각났다. 그때 무어라고 적었더라. 문주는 잠시 생각한 끝에 자신이 썼던 유언의 내용을 기억해냈다. 뚜비와 근정이 죽지 않았다면 제가 죽었노라고 반드시 말해주세요. 열여덟 살의 이문주는 그들이 몹시 슬퍼하기를 기대했던 것 같다.

　모든 의식을 마친 뚜비는 꽤 피로해 보였다. 근정은 조심스럽게 뚜비를 부축해서 방으로 데려갔다. 문주는 베란다 앞에 앉아 창밖으로 그새 어둑해진 하늘을 바라보았다. 바닥에 아무렇게나 떨어진 매실들이 아까웠다. 좀 이따 주워 가서 청이라도 담글까, 하고 생각하는 찰나 근정이 방에서 나와 문주 옆에 앉았다. 그들은 뚜비의 건강 문제에 대해 이야기를 나누다가 여명이 얼마 남지 않은 이의 건강 문제가 얼마나 사람의 마음을 복잡하게 만드는지를 느끼고는 잠시 말을 멈추었다. 근정은 이 집에 대한 소유권 이전 절차를 진행하려면 서둘러야 할 거라고 했다. 소유권 이전이 완료되면 재산 가치를 위해 자신에게 매도하는 것을 고려해도 좋겠다고, 아주 가벼운 말투로 제안했다. 땅 명의와 집 명의가 다르면 값어치가 떨어지기 마련이라면서. 문주는 그게 무슨 말인지 골똘히 생각해보다가 당장 이야기할 문제는 아니라고 대답했다. 그리고 근정에게 물었다. 너는 이 모든 게 진심인 거냐고. 근정은 정말 의아하다는 듯이 되물었다. 너는 보통 이런 걸 진심이라고 하지 않아? 근정의 물음은 너무나 간결했고, 그래서인지 더욱 명백하게 느껴졌다. 문주는 도대체 이런 걸 진심이 아니면 무엇을 진심이라 하겠느냐고, 응당 그렇게 생각하고자 하면서도 자꾸 미심쩍었다. 또한 자신이 그 미심쩍은 마음을 결코 지울 수 없다는 것이 너무 의아했다.

사실 문주는 이 집에 들어온 순간부터 뚜비와 근정에게 어떤 실수를 범하고 있다는 생각을 지울 수 없었는데, 이윽고 그 실수가 자신이 세계를 상대로 아주 오랫동안 저질러온 실수라는 것을 인정하게 되었다. 뜰 바닥에 나뒹구는 크고 작은 청매실들을 보면서, 그것을 분명하게 인정하고야 말았다. 해가 완전히 저문 뒤의 삭은 뜰은 고요했다. 제때 깎지 않아 무성한 잔디 사이로 시큼한 냄새가 풍겨왔다. 그것은 분명 어제까지만 해도 단단했을 무언가가 서서히 무르고야 마는 냄새였다.

토성에서 살아남는 법

박혜진
(문학평론가)

등단 5년 차 소설가였던 예소연이 2025년 이상문학상 대상을 받으며 최연소 수상자라는 타이틀을 거머쥐었을 때, 그 영광은 예상 밖의 짐이기도 했을 것이다. 이른 '성공' 이후 스타 작가들이 겪는 슬럼프는 진부하리만큼 익숙한 서사이니까. 이전의 성취를 반복하거나 넘어서는 것이 목표가 될 때 발생하는 흔한 역설이기도 하고 말이다. 정작 작가는 안중에도 없을 이런 얘기부터 시작하는 건 내가 얄팍한 문학 호사가여서는 아니다. 오히려 그 반대다. 예소연이 그 흔한 프레임에 갇히지 않는 예외적 작가이기 때문이다.

세대를 대변하는 작가가 있고 세대를 뛰어넘는 작가가 있다. 안으로 침투하는 작가가 있고 사이에 다리를 놓는 작가가 있다. 과거의 불온한 문학이 한 사람의 내면을 파고들며 세대의 감각을 대변하는 방식으로 작동했다면 오늘날 불온한 문학은 관계 속에서 사람들 사이를 가로지르며 세대를 아우르는 방식으로 스스로를 드러낸다. 문학의 축이 개인의 발견을 지나 관계의 감각을 포착하는 일로 이동하고 있는 탓이다. 작가의 영향력이란 텍스트를 읽는 행위에만 국한되지 않아서 작가의 관점은 시대의 시선이 되고 작가의 태도는 시대의 자세가 된다. 말하자면 우리는 예소연의 시대를 살고 있다.

토성은 물에 뜬다는 말이 있다. 평균 밀도가 물보다 낮기 때문이다. 물론 현실에서 그런 바다는 존재하지 않는다. 그러나 만약 토성을 담을 수 있을 만큼 거대한 수영장이 있다면 물 위에 토성이 뜰 거라는 추정은 그저 심상한 사실일 뿐이다. 태양계에서 손에 꼽힐 만큼 거대한 행성이 물보다 밀도가 낮아 급기야는 물에 뜰 수 있다니. 아무리 거대해 보이는 존재라도 내부가 성기면 가벼워지고 마는 것이 우주의 상식이라는 점과, 가벼움은 표류하고 부유하는 운명을 내포한다는 점이 인생의 주의점을 환기하는 것만 같다.

내가 살고 있는 곳이 토성인 것만 같은 기묘한 착각에 빠져들 때가 있다. 연결은 차고 넘치는 데 세계의 밀도는 낮아지고, 주고받는 말과 정보는 많지만 오가는 온기는 떨어지니 소외는 일상의 감각이 된다. 예소연은 이렇듯 성긴 세계에서 사람들 사이에 미묘하게 발생하는 감정의 움직임을 섬세하게 포착한다.《너의 나쁜 무리》는 '토성화'된 지구의 이야기이자 그 성긴 세계에서 서로가 서로에게 닿는 방식을 탐색하는 소설이다. 개인의 내면을 파고드는 대신 사람들 사이에서 형성되는 관계의 감각을 포착하는 와중, 이 책은 지금 우리가 살아가는 성긴 시대의 풍경을 다단한 관계 속에서 차분히 드러낸다.

작품에서 반복되며 강조되는 감각은 '뭐라 불러야 할지 모를' 관계다. "아무 사이"라고 하지만 아무것도 아닌 사이라고는 결코 말할 수 없는 그런 사이들. 등장인물들은 서로에게 일정한 역할을 하면서도 그 관계를 무어라 부를 수 있을지는 확신하지 못한다. 온라인 대화로 이어진 관계라든가 돌봄과 계약 사이에 놓인 관계, 이웃이나 지인과의 느슨한 연결 등은 모두 친밀함과 거리감이 동시에 존재하는 상황의 채집이다. 〈추운 뺨에 더운 손〉〈작은 벌〉〈통신광장〉

〈뜰의 미래〉 같은 작품은 이러한 상태를 서로 다른 장면 속에서 변주하며 서로를 이해하지 못한 채 조심스럽게 관계를 유지하는 모습을 보여준다. 계약으로 이루어지는 노동으로서의 돌봄과 관계 속에서 발생하는 정서적 돌봄 사이에 놓인 애매모호한 노동을 다루는 〈아무 사이〉는 이 시대 관계성의 딜레마를 정확히 통찰한다.

공간은 단순한 배경 이상으로서 또 하나의 인물처럼 작동한다. 〈통신광장〉의 온라인 채팅 공간, 〈추운 뺨에 더운 손〉의 부촌 저택과 낯선 생활공간, 〈뜰의 미래〉의 뜰, 〈작은 벌〉의 구급차 같은 공간은 인물들이 관계를 맺는 장이 된다. 인물들은 그곳에서 서로를 완전히 이해하지 못한 채 관계의 거리를 조심스럽게 가늠하고 그 과정에서 미묘한 감정의 변화들이 발생한다. 〈작은 벌〉에서 구급차는 주인공 이중일의 생계 수단이자 좌절된 꿈의 상징에 다름 아니지만, 이곳에서 저곳으로 환자를 이송할 뿐이었던 물리적인 공간은 이중일이 환자의 탈출에 연루되고 급기야 공범이 됨으로써 삶과 죽음의 벡터를 바꾸는 실존적 구원의 장소로 거듭난다.

관찰과 통찰 이상의 혁명과 전복도 있다. 〈소란한 속삭임〉에는 외로움과 단절, 서로를 이해하지 못하는 도시의 삶을 극복하려는 사람들이 등장한다. 시끄러운 도시 속에서 서로의 삶을 제대로 듣지도 보지도 못한 채 살아가는 사람들이 속삭임이라는 형식으로 새로운 관계를 만들려는 시도는 그 자체로 이 책에 대한 은유이자 이 사회에 대한 비유다. 넓게 퍼져 있지만 가볍게 부유하는 우리 삶의 거리는 가까이에서 속삭이는 행위를 통해 잠시나마 거부되며 극복될 가능성을 연다. 소박해 보이기도 하고 하찮아 보일 수도 있는 그들의 시도를 지지하는 건 그들의 고통에 공감하기 때문이다.

내가 사는 세상이 토성의 한가운데처럼 느껴질 때가 있다고 했지만 기실 나는 이 세계의 밀도가 완전히 사라졌다고는 생각하지 않는다. 성긴 관계와 느슨한 연결 속에서도 사람들은 여전히 서로를 향해 작은 신호를 보낸다. 서로의 곁에 머무는 순간들. 서로의 체온이 잠시 스쳐 지나가는 장면들. 관계가 완전히 사라지지 않았다는 조용한 증거들. 예소연 작가를 사적으로는 알지 못한다. 그러니 자연인으로서의 그가 어떤 삶을 살아가는지에 대해서는 어떤 정보도 가진 것이 없다. 그럼에도 그가 작가로서 어떤 가능성을 가진 존재이며 내가 예소연 읽기를 멈출 수 없는 이유가 무엇인지에 대해서라면 언제라도 증언할 수 있다. 그가 쓰는 세상이 내가 살아가는 세상이고 그가 쓰는 미래가 내 앞에 다가올 미래이기 때문이다.

작가는 절망의 마지막 목격자이되 희망의 최초 발견자여야 한다는 것은 문학에 대한 내 순진한 믿음이다. 사이에 다리를 놓으며 세대를 뛰어넘는 예소연의 소설은 밀도가 낮아진 세계를 정확히 응시하면서도 아직 사라지지 않은 관계의 미세한 온도를 발견해낸다. 토성화된 세계에서도 서로를 향해 다가가는 힘을 놓치지 않는 한 우리는 끝내 토성인이 되지 않을 것이다. 세상의 떠들썩한 호기심에 일희일비하지 않으면서도 시대의 나시막한 징후들엔 세심하게 귀 기울이는 작가. 나의 시대를 정조준하는 작가를 가졌다는 사실은 전쟁 같은 세상에서 믿을 만한 무기 하나를 가진 것 같은 든든함을 준다. 나에게는 예소연이 그런 무기인 것이다.

예소연은 엉뚱한 야심가다. 그의 소설을 읽다 보면 이 작가가 웃기는 데 진심임을 느낄 수 있다. 잘 웃기기 위해 궁리하고 있다는 것을. 냉소도 실소도 아닌, 그야말로 진짜 웃음을 위하여. 그건 사실 불완전하고 결함투성이인 사람들, 온전히 포용할 수도 마냥 미워할 수도 없는 이들이 함께 얼떨결에 피워 올리는 기적의 신호 같은 것이다. 저 멀리 서로의 존재를 알리는 봉홧불처럼 말이다. 그 불빛엔 필연적으로 슬픔이 어른거리겠지만 예소연의 애독자인 우리는 괜찮다. 언 손은 이미 녹았고, 우리가 까마득히 멀리 있어도 성큼 가까이 있음을 믿게 되어버렸기 때문이다. 문학이 누군가의 마음을 움직여서 '되어버리게' 만드는 일은 얼마나 귀한가. 《너의 나쁜 무리》를 읽는 일은 그 쉽지 않은 경험이다. 웃다가 울다가 다시 웃고 마는 삐뚤삐뚤한 인생 속에서.

정이현(소설가)

예소연의 소설을 읽는 것은 추운 뺨에 더운 손을 대주는 것 같은 경험이다. 《너의 나쁜 무리》속에는 '최소한으로 살기 위해 최대한으로 노력해야' 하는 인물들이 잔뜩 등장한다. 이들은 단편적으로 선하거나 악하지 않다. 우리 삶이 그러하듯 비루하고도 생생한 모습으로 그곳에 존재할 뿐이다. 예소연은 그들 사이에 번져 있는 미세한 실금을 집요하게 응시한다. 그 틈 사이로 손쉬운 '연대'를 보여주는 대신, 서로를 할퀴고 상처입히면서도 끝내 완전히 떨어지지 못하는 존재들의 '이상한 평화'를 섬세하게 그려낸다. 무심히 툭 던지는 대사들은 짧지만 깊고, 선조하지만 오래도록 잔상을 남긴다. 그 속에는 묵묵히 삶을 견디는 사람들의 온기와 페이소스가 담뿍 담겨 있다.

《너의 나쁜 무리》는 다사다난한 삶의 한가운데에서 끝내 서로의 곁을 떠나지 못하는 사람들의 연대기다. 이들은 서로를 이해하거나 구원하는 대신 그저 함께 흔들리기를 선택한다. 그 치열한 동요의 기록은 읽는 사람들의 마음에도 기어이 깊은 자국을 남기고야 만다.

박상영(소설가)

어느 순간부터 나라는 사람에게서 멀어진다는 생각이 들었습니다. 살면 살수록 더 희미해지고 미약해지는데 사라지는 나를 붙들어주는 건 늘 내 곁에 있는 함께 희미한 존재들이었습니다. 어느덧 나를 정체화하기 위해서는 그들이 필요하다는 것을 알게 되었고 그들 또한 그럴 것이라는 생각이 들자 삶에 대한 의지가 생겼습니다. 생활을 만들어주는 건 다름 아닌 만남들이었고 만남들 속에 대화가 있었으며 대화 속에 나의 작은 말이 비로소 떠돌았습니다.

나를 살아가게 하는 개가 잠든 모습을 보며 뜻 모를 감사함을 느낍니다. 친구와 의미 없는 대화를 나누며 사랑을 다짐하고 가족으로부터 내 먼 죽음을 상상합니다. 나의 장례는 어떻게 치러질까요? 내가 없는 곳의 파티가 성대했으면 좋겠습니다. 하지만 계획은 틀어지기 마련이니까요. 기대하지 않기로 했습니다. 그런 것들을 생각하며 소설을 썼습니다.

선입견 뒤에 감춰진 이야기를 쓰고 싶었는데 그러지 못한 것 같아 아쉽습니다. 대상에 대한 판단을 미뤄두더라도 순간에 집중할 수 있기를 바랐는데, 정작 쓰면서 그랬나 생각해보면 쉬이 대답하기 어렵네요. 저는 늘 흘러가는 사람이고 싶은 마음으로 글을 쓰는데 결국 이야기는 어딘가에 맺혀 있습니다. 그럼에도 흘러가려는 마음으로 쓰는 일에 온 정신을 다하려고 합니다. 도달하지 못할 것 같은 지점에 다다르려 애쓰는 일이 인간의 유일한 쓰임인 깃 같아서요.

이 소설집에는 다양한 무리가 나옵니다. 무리를 이루는 방식은 각양각색이고요. 막 자신의 무리를 만들기 위해 손을 뻗는 인물도 등장합니다. 우리는 간혹 미숙하고 어처구니없는 방식으로 관계를 맺기도 합니다. 그 성격은 때로 불온하고 자기중심적일 때도 있지요. 어떤 무리를 지은 이상, 그 무리는 온전한 내가 아닌 다른 속성을 띤 채로 어떤 영향력을 발휘하기도 합니다. 그렇게 굴러가는 무리의 향연은 세계의 형상을 만들어내고요. 그런 의미에서 개인의 삶을 사는 것과 친구를 사귀는 일, 사회의 일원이 되는 과정과 만들어진 사회는 다분히 유기적이고 책임 있는 일이 될 것입니다.

저는 단지 어떤 개인의 이야기를 하고 싶었을 뿐인데 사람과 사람이 등장하는 일일수록 소설 속 세계는 걷잡을 수 없이 커졌습니다. 꼭 타이쿤 게임을 하는 것처럼요. 그래서 소설을 쓸수록 인물들에게 빚을 지고 있다는 생각이 많이 듭니다. 제가 벌인 일을 온전히 감당해야 하는 인물들에게요. 첫 소설집을 내고 두 번째 소설집을 내기까지 저는 아직도 자신을 미워하는 마음을 거두지 못했습니다. 하지만 그런 마음을 다스리며 살아갈 수 있는 방식을 알아가고 있습니다.

이제야 사랑하는 마음을 드러낼 줄 알게 된 것 같습니다. 그렇게 만들어준 많은 이에게 고마움을 전합니다. 책이 나오기까지 많은 도움을 주신 최해경 편집자님과 박선우 편집자님께 수줍은 인사를 드립니다. 마지막으로, 이 공들여 지어낸 진심 어린 이야기는 전부 여러분의 것입니다.

2026년 봄
예소연

| 수록 작품 발표 지면 |

추운 뺨에 더운 손…〈문학과사회〉 2025년 겨울호

작은 벌…〈숨〉 2024년 하권

너의 나쁜 무리…〈웹진 비유〉 2026년 1/2월호

소란한 속삭임…《소란한 속삭임》(위즈덤하우스, 2025)

아무 사이…《내가 이런 데서 일할 사람이 아닌데》(문학동네, 2025)

통신광장…《림: 옥구슬 민나》(열림원, 2024)

뜰의 미래…〈문학인〉 2025년 가을호

너의 나쁜 무리

ⓒ 예소연 2026

초판 1쇄 인쇄 2026년 4월 1일
초판 1쇄 발행 2026년 4월 4일

지은이 예소연
펴낸이 유강문
문학팀 박선우 최해경 박지호
마케팅 김한성 조재성 박신영 김애린 오민정 우지윤

펴낸곳 (주)한겨레엔 www.hanien.co.kr
등록 2006년 1월 4일 제313-2006-00003호
주소 서울시 마포구 창전로 70 (신수동) 화수목빌딩 5층
전화 02-6383-1602~3 **팩스** 02-6383-1610
대표메일 munhak@hanien.co.kr

ISBN 979-11-7213-392-4 (03810)